KB143432

당신의 행복을 생각합니다.

우기난

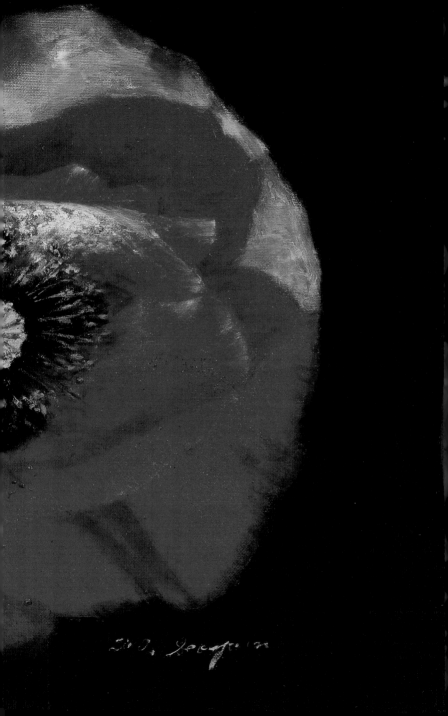

햇살이 안부를 묻다

유기순 수필집

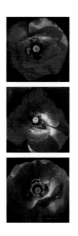

저자의 음성으로 들어 보세요!

이 도서에는 저자의 음성으로 연결되는 QR코드가 있습니다.
스마트폰에서 [네이버] 앱을 다운로드 하여 실행한 후 검색
창 옆의 아이콘을 눌러 QR코드를 스캔해 주세요. 작가의 목
소리가 새로운 감동을 선사합니다.

초판 발행 2018년 1월 22일
지은이 유기순
그림 유기순
펴낸이 안창현 **펴낸곳** 코드미디어
북 디자인 Micky Ahn **교정 교열** 백이랑

등록 2001년 3월 7일
등록번호 제 25100-2001-5호
주소 서울시 은평구 갈현로 318-1 1층
전화 02-6326-1402 **팩스** 02-388-1302
전자우편 codmedia@codmedia.com

ISBN 979-11-86104-80-4 03810

정가 12,000원

햇
살
이 안
부
를 묻
다

글을 쓰며

이 글들은 지난 5년간 나의 일상과 생각들을 써 내려간 일기장이다. 유방암 판정을 받고 정신이 아득해지던 그 시간 후 나는 내가 살던 곳과는 전혀 다른 세계로 떨어졌다. 캄캄한 어둠 속을 헤맬 때, 나는 내가 누구인지 앞으로 어떻게 살아야 하는지 다시 생각하게 되었다.

처음에는 슬픔을 견뎌보려고 글을 썼다. 다른 어느 것으로도 표현할 길 없는 내 마음을 글로 쓰며 아픔을 이겨보려 했다. 병상에서 치료받으며 겪고 느낀 일, 하루하루 지나는 일상의 일, 문득 떠오르는 생각들을 일기장에 적었다. 그러면서 나 자신을 알아갔고 주변을 돌아보게 되었다. 마음이 한결 따뜻해졌고 아픔이 생각보다 빨리 지나갔다.

나는 다시 밝은 시간 속으로 돌아왔고 세상은 온통 빛으로 가득 차 있다. 나의 삶은 더욱 영글고 성숙해졌다는 생각이 든다. 세상이 항상 아픈 것만은 아니라는 사실에 감사하면서 잠들기 전 가슴의 흉터를 가만히 쓰다듬어 본다. 많이 아팠을 내 몸에 대해 용서를 구한다. 여름날의 무더위와 비바람은 열매 맺을 가을을 위하여 꼭 필요하다는 걸 알겠다. 살아 있는 모든 존재가 행복하기를 바란다.

2018년 겨울, 햇살 내리는 창가에서

Contents

1 그녀가 준 네 잎 클로버

2 레테, 그 너머

1부

그녀가 준 네 잎 클로버

그녀가 준 네 잎 클로버

학교에 나가지 못한 지 벌써 몇 달째다. 아무도 만나고 싶지 않았다. 거실에도 나오지 않았다. 면역력이 떨어져 거의 방 안에서 지냈다. 병원에 갈 때도 콜택시를 불러서 살그머니 다녀왔다. 조용히 시간이 지나가고 치료가 끝나기를 바랄 뿐이었다. 세상은 바삐 움직이고 있는데 내 주위는 갑자기 조용해졌다.

바로 옆 아파트에 살고 있는 그녀에게서 전화가 왔다. 나이는 한 살

많지만 친구 같다.

"뭐 해? 오늘 컨디션 괜찮지? 나랑 대공원 산책가자."

나는 그녀의 제의를 마다할 수 없었다. 그녀는 옆집 마실 오듯 살그머니 우리 집 아래에서 자주 날 불러내곤 한다. 그녀를 안 지 벌써 30여 년이 되어간다. 신혼 시절에 살던 조그만 아파트에서 처음 그녀를 만났다. 그녀 곁엔 늘 사람들이 많다. 언제나 밝고 긍정적이며 나같이 까칠한 사람에게도 늘 밝은 낯으로 대해주는 분위기 메이커이기도 하다. 그녀는 늘 베푸는 것에 익숙하다. 그리고 검소하다. 그녀가 물질이 풍족하지 못했을 때나 지금처럼 넉넉할 때나 늘 한결같은 마음인 것을 느낀다. 그녀의 말에 의하면 아주 지지리도 어렵게 살아 힘들었지만 늘 신앙심을 잃지 않고 기도하고 베풀었더니 부자가 되었단다. 어쨌든 내가 그동안 보아온 크리스천 중에서 진정한 크리스천이라는 생각을 한다. 그리고 그녀에게는 뭔가 특별한 행운이 있는 것 같다.

그녀를 따라서 나온 공원엔 햇살이 눈부시게 빛나고 있었다. 오랜만의 외출이라서 그런지 눈을 제대로 뜰 수가 없었다. 풀잎에 비치는 햇살이 반짝거렸다. 평일 한낮의 공원은 한산했지만 싱그러운 초록들로 가득했다. 나는 멀리 푸른 하늘을 한번 쳐다보고 맑은 공기를 한껏 들이마셨다. 몸속 가득한 약 기운이 배출되는 것 같았다.

"내가 이곳에 처음 왔을 때 무슨 천국 같았어. 어쩌면 그렇게 예쁜 꽃들이 많이 피었는지…. 끝없이 펼쳐진 꽃밭, 천국은 아마 그런 곳일 거야."

나는 그녀의 마음으로부터 이미 천국을 보고 있었다. 그녀는 나를 공원 한쪽으로 인도했다. 그녀가 이끄는 대로 간 곳은 공원의 남쪽에 있는 꽃밭이었다. 양귀비꽃과 보리가 이름을 알 수 없는 보랏빛 꽃들과 어우러져 넓게 펼쳐져 있었다. 꽃들은 마지막 빛을 발하고 있었고 보리도 이미 고개를 숙일 무렵이었다.

"지난번보다 꽃이 많이 졌네. 정말 예뻤었는데…."

"우리 네 잎 클로버 찾아보자. 내가 알고 있는 곳이 있거든."

"정말요?"

더 예쁜 꽃을 보여주지 못해 미안하고 아쉽다는 듯 그녀는 꽃밭 가운데로 난 길을 앞서서 걸었다. 넓게 펼쳐진 꽃밭 안쪽으로 난 길옆으로는 푸른 풀들이 자라고 있었다.

"집사님, 여기다. 이곳에서 찾아보자."

그녀는 앉아서 네 잎 클로버를 열심히 찾았다. 나도 옆에서 꼭 찾고야 말겠다는 생각으로 집중해서 살폈다.

"여기 하나 찾았다. 아! 여기 또 있네."

"권사님! 나는 하나도 못 찾았는데 무슨 비결이라도 있어요? 어떻게 그렇게 잘 찾는 거야?"

"내가 검사반에 있어서 물품을 검사하다 보면 불량품 검사를 천천히 위에서부터 눈으로 훑어야 하거든. 아마도 그 일을 오래 하다 보니까 자연히 잘 찾는 것 같아." 그러면서 환하게 웃었다.

그녀는 연거푸 네 잎 클로버를 찾았다. 한 시간 남짓 지나지 않아 십여 개가 넘는 네 잎 클로버를 찾았다. 그리고 그 많은 네 잎 클로버를 모두 내게 주었다. 마치 엄청난 행운을 건네받는 것 같은 생각이 들었다. 집에 오자마자 그녀가 따준 많은 네 잎 클로버를 성경 속에 잘 넣어두었다.

며칠 뒤에 나는 수술 받기 위해 입원했다. 입원 방에서 십여 일간의 입원 기간 동안 같은 병으로 수술하려고 입원한 환자들을 만났다. 연령대도 달랐고 사는 것도 달랐다. 그렇지만 그녀들도 나름 저마다 사연이 있을 거라 생각되었다. 병실에 같이 입원하고 있던 환자들에게 네 잎 클로버를 하나씩 나누어 주며 '행운이 올 거예요.'라고 말을 건넸다.

나는 그녀가 준 네 잎 클로버가 나를 비롯한 모두에게 큰 행운이 되었을 거라고 확신했다. 그녀가 준 네 잎 클로버Clover에는 사랑Love이 들어있었다.

금전수

지난해 겨울, 두 번째 개인전을 열었다. 투병 중인데 굳이 개인전을 열어야 되느냐고 주위에서 말렸다. 그렇지만 도교육청으로부터 받은 연구비를 계획대로 사용해야 했다. 전에 그린 그림들이 어느 정도 있었기 때문에 큰 어려움은 없었다. 전시 중에 지인들이 화분을 여러 개 보내왔다. 그중 훤칠한 키에 미끈하고 윤기 나는 건강한 잎들이 유독 눈에 뛰는 녀석이 있었다. 친구가 보내온 선물로, 이름은 금전수라고 했다.

전시가 끝나고 화분들을 데려오는 날 날씨가 무척 춥고 바람이 불었다. 잠깐 바깥바람을 쐬며 데려온 화초들은 얼어 있었다. 집에 오자 잎들이 꽁꽁 얼었다가 녹으면서 축 늘어졌다. 나는 아름다운 생명들에게 죄책감을 느끼며 잎들을 떼어내고 햇살이 잘 드는 창가 쪽에 놓아두었다. 괜찮은 것들은 지인들을 불러 모두 나누어 주었다. 나보다 잘 키울 것 같았기 때문이다. 차 안에 있던 '난' 종류는 괜찮았기 때문에 모두들 좋아하였다. 커다랗고 기품 있어 보이는 화분은 따뜻한 햇살 속에서 겨우내 뿌리가 조그맣게 움튼 것을 보고 동생이 가져갔다. 처음 전시실에서 보았을 때 얼마나 크고 멋있었는지 동생은 안다. 다시 그렇게 잘 키울 수 있을 거라며 가져간다고 했을 때 마음이 가벼웠다. 그러고 나니 다 죽어버린 것 같은 줄기만 앙상한 금전수만 남았다.

금전수는 살아날 기미가 없었다. 한 가닥 가지를 잡아당기니 약간 썩은 것같이 무른 가지가 딸려 나왔다. 화분을 처리하기도 그렇고 해서 계속 양지쪽에 두었다.

'불쌍한 우리 금전수. 주인을 잘못 만났구나.'

조금씩 날씨가 풀리고 창가의 햇살도 부드러워지고 있었다. 어느 날 금전수 화분에서 아주 조그맣고 노르스름한 것이 보였다. 씨앗에서 싹이 움트는 것처럼 보였다. 살짝 만져보니 제법 고것이 딱딱한 게 보기와 다르게 목을 곧추세우고 있었다. 매일매일 생명의 신비로움에 감탄하며 들여다보고 있으려니 한 촉이 더 나오고 있었다. 너무나 고마워서 사진으로 찍어 두었다.

햇살이 좋은 목요일, 아파트 안에 꽃 가게가 열렸다. 거름도 더 주고 흙도 매만져 주려고 분갈이를 하기로 했다. 경비실에서 받침대를 빌려 끙끙거리며 금전수 화분을 끌고 갔다. 나의 정성이 더해져서인지 며칠 후 세 개의 가지가 더 나는 걸 보았다. 새로 나오는 연둣빛 싹을 감격스럽게 한참을 살펴보았다.

오늘 구름(우리 집 강아지 이름)이 밥을 주다가 깜짝 놀랐다. 금전수 화분에서 또 다른 싹이 힘차게 나오고 있었다. 그랬다. 생명력이란 이렇게 질기고 강인하구나. 오랜 기다림 끝에 아주 조금씩 조금씩… 이젠 이렇게 힘차게 크는구나!

금전수 화분을 보면서 생각했다.

'그래. 아주 조금씩 내 병도 나아가고 있을 거야. 정말 꾸준히 조심하고 조심하면서 내 몸을 돌보아야겠어. 병이 날 때도 조금씩 나도 모르게 들어와서 아주 박혔지만 나아가는 것도 이렇게 조금씩 조금씩 회복

되다가 완치될 거야.'

　「다섯 개의 완두콩」에서 병든 소녀의 창가에 떨어진 다섯 번째 완두
콩처럼 금전수가 나에게 동화처럼 다가왔다. 나도 곧 완치될 것만 같
다. 금전수야, 무럭무럭 멋지게 잘 자라렴.

초록의 시간

　　오월이 시작되었다. 며칠간 황사에 미세먼지까지 하늘이 온통 뿌옇게 보였으나 오늘은 맑아 나들이하기 좋은 날씨다. 하늘의 구름도 솜사탕처럼 가볍고 희게 보였다.

　　고속도로를 한 시간 넘게 달려서 의정부 터미널에 도착한 후 친구들과 합류했다. 각기 멀리 떨어져 살고 있어 의정부에서 만나기로 하였다. 내 차에 함께 타고 한참을 더 가서 광릉수목원에 도착했다.

　　"얘들아, 오늘 날씨 너무 좋다. 어쩌면 온통 연초록 세상이구나!"

　　우리들은 차 안에서부터 들떴다. 창밖으로 마주 보이는 색들은 온통 초록이었다.

　　숲이 연초록으로 눈부셨다. 얼마 전까지 화사했을 벚꽃도 자취를 감추고 온통 초록의 빛깔만이 내려앉은 세상이었다. 꽃이 진 자리지만 숲은 더욱 풍성하고 은은한 향기를 풍기며 우리를 반기고 있었다. 나는 바람에 실려 오는 싱그러운 숲속 향기를 맡으려고 코를 여기저기 대고 숨을 들이마셨다.

　　광릉수목원에서 보낸 아련한 젊은 날의 기억이 떠올랐다. 아이들이 어렸을 적 우리 가족은 도시락을 싸 가지고 이곳에 왔었다. 낙엽이 비처럼 쏟아지던 아름다운 날이어서 우리 아이들은 우산을 쓰고 낙엽을 맞으며 놀았다. 마치 영화의 한 장면처럼 아름다운 그때의 사진을 나는 소중하게 간직하고 있다.

오늘 만난 친구들과 젊은 초록의 시간을 같이 지냈었다. 소녀 시절, 우리는 미래에 대해 궁금해하며 꿈에 가득 차 있었다. 호기심이 많아 무슨 이야기든 재미있었고 끝날 줄을 몰랐다. 긴 시간을 넘어온 친구들과의 수다는 오늘도 여전히 즐거웠고 끝없이 이어졌다.

"많이들 먹어. 이건 내가 건강한 재료로 집에서 직접 만든 거야."

서로 가져온 음식을 꺼내며 소풍 나온 아이처럼 기분이 좋아서 떠들었다. 나도 새로 짠 들기름과 들깻가루, 김, 멸치를 넣고 만든 주먹밥을 꺼냈다. 고소하고 맛있는 데다 요리하기 아주 쉬워서 가끔 만들어 먹는다. 사실 나는 직장 생활이나 할 줄 알았지 음식 솜씨는 영 아니다. 그래도 집에서 음식을 만들면서 재료가 신선하고 좋으면 간단하게 만들어도 맛이 좋다는 걸 깨달았다. 좋은 사람과 먹으면 맛이 더 좋다.

교복 입고 학교 다니던 시절 민태원의 「청춘 예찬」을 열심히 외우던 때가 있었다.

청춘! 이는 듣기만 하여도 가슴이 설레는 말이다. 청춘! 너의 두 손을 가슴에 대고, 물방아 같은 심장의 고동을 들어 보라. 청춘의 피는 끓는다. 끓는 피에 뛰노는 심장은 거선巨船의 기관과 같이 힘 있다.

청춘을 잘 보내고 푸른 세상으로 나가기 위해 눈을 똑바로 뜨고 생각했다. 그때 정말 무던히 노력하였는데 청춘은 빠르게 흘러갔다. 나에게 청춘은 예찬만 할 것은 아니었다. 오히려 '아프니까 청춘이다.'라는 말에 공감한다. 그러나 돌이켜보면 아픔에도 불구하고 행복했던 시간이었다. 꿈이 있어 따스했고 무한한 공간의 확장이 있었다.

김난도님이 말하는 '인생시계'를 생각해본다. 평균연령을 80세로 잡고 하루 24시간으로 환산하면 10년은 3시간이 된다. 따라서 은퇴할 시기인 60세가 되면 인생시계의 시간은 저녁 6시라고 한다. 100세 시대에 맞춰 시간을 계산하면 나는 지금 50대이므로 한낮이다. 막 점심 먹고 차 한잔할 시간이다. 아직도 대낮이고 따뜻한 시간이다. 충분히 즐길 수 있는 시간이다. 그런 생각을 하니 갑자기 피가 힘차게 잘 도는 것 같다. 인생시계는 아직 한낮인데 내 마음의 시간은 더 이른 시간으로 거슬러 올라간다. 아마도 나에게 초록의 시간은 지금부터가 아닐까 하는 생각이 든다.

"당신은 병이 나긴 했지만 하고 싶은 일 하면서 지내니 오히려 잘 됐어! 당신 좋아하는 그림 그리고, 글 쓰고, 친구도 만나고…."

아픈 시간이 온 것이 오히려 나의 새로운 세상을 일찍 알게 해준 셈이라고 남편은 위로한다.

친구와 만나고 돌아오는 고속도로는 차가 막히지 않아서 씽씽 달렸다. 나지막이 노래를 흥얼거리며 차를 몰았다.

바람이 불어오는 곳~ 그곳으로 가네~
그대의 머릿결 같은 나무 아래로~
바람에 내 몸 맡기고~ 그곳으로 가네~

왼손의 고마움

미켈란젤로의 그림 〈천지 창조〉 중 〈아담의 창조〉에서 오른쪽 손은 하느님의 손을, 왼쪽 손은 아담의 손을 표현한 것이라고 한다. 하느님의 손은 힘이 있고 강렬한 반면 아담의 손은 힘없이 아래쪽을 향해 있다. 아담에게 힘을 부여하는 찰나의 순간을 그린 것이지만 다르게 해석하면 왼손은 오른손의 도움이 필요한 나약한 손이라는 것이다.

며칠 전부터 왼손이 불편했다. 통증이 시작된 곳은 핏줄이 지나가는 왼쪽 엄지손가락 부분의 손목쯤이다. 처음엔 손을 움직일 때만 불편한 정도였는데, 시간이 지날수록 통증이 점점 심해졌다. 특히 부엌에서 그릇을 다루거나 요리하다 손목을 움직일 때 힘이 들어가면서 아팠다. 식사 준비하며 찌개 그릇을 옮기는 데도 한 손으로 들 수가 없었다. 도마

하나 드는데도 왼손이 살짝 받쳐줘야 하는데 그게 안 되니 여간 불편한 게 아니었다. 가만히 살펴보니 왼쪽 손이 조금 부은 것 같기도 했다.

아침 일찍 가까운 신경외과에 갔다. 어느 병원이나 환자들은 많지만 신경외과의 대기실에는 나이 드신 분들이 특히 많았다. 나이 들면서 건강만큼 중요한 것도 없다는 것을 다시 생각하게 되었다. 손목 엑스레이를 찍고 의사선생님의 소견을 들었다. 엑스레이에서는 별다른 이상이 없으며 며칠간 물리치료를 받으라고 하였다. 유방암과 손목의 통증과는 전혀 관련이 없으며 대신 손을 조금 덜 쓰라고 하였다.

요즈음 손을 특별히 더 쓴 일도 없는데 아픈 것은 이유가 있을 것이다. 생각해보니 최근에 다녀온 여행으로 무리가 온 것 같다. 2주간 영국과 스페인에 갔다 온 며칠 뒤부터 손목이 아팠기 때문이다. 게다가 영국 여행 한 달 전에는 일주일간 캄보디아 여행을 다녀왔다. 장시간 비행이 조금 염려되었지만 아무 일 없었고 여행지에서도 잘 다녔다. 다녀온 뒤 몸이 약해진 것도 모르고 내 손목을 전과 같이 움직인 것이 문제가 되었던 것 같다.

왼쪽 팔과 손은 항암치료를 받을 무렵 주삿바늘이 많이도 꽂히던 곳이다. 항암뿐 아니라 피 검사를 자주 하다 보니 혈관이 모두 숨어서 피를 뽑기가 여간 힘든 게 아니었다. 그나마 제일 나왔던 곳이 바로 아픈 그곳쯤이었다. 그래서 자주 바늘을 꽂고 피를 뽑던 곳이다. 그곳은 아마도 혈관이 숨을 수 없는, 더 이상 피할 수 없는 곳이었는지도 모른다. 오른쪽 가슴을 수술하면서 오른손을 거의 쓰지 못했다. 수술시 오른쪽 겨드랑이 림프절을 11개나 잘라냈기 때문에 부종이 올 수 있다고 하였다. 오른손에 주사를 놓아선 안 되고 무거운 것을 들어서도 안 되었다.

일은 모두 왼손의 몫이었다. 수없이 진행되는 피검사, 항암 주사와 수시로 맞아야 되는 주사도 왼쪽, 모두 왼쪽의 몫이었다. 평상시 주로 오른손을 쓰기 때문에 오른손도 좀 쉬어보면 좋겠다는 생각을 했다. 오른손이 아니라서 다행이라고 생각하면서 왼손을 대수롭지 않게 여겼다. 그런데 왼손이 아프니 오른손만으로 할 수 있는 일이 많지 않다. 무엇이든 양손으로 집다 보면 생각지도 않게 왼손에 많은 힘이 든다는 것을 알았다. 왼손과 오른손이 함께 조화를 이루어 일을 해야만 모든 일을 제대로 할 수 있음을 새삼 느낀다.

왼손과 오른손은 서로 상생 관계란 걸 알면서도 일을 겪고서야 더욱 느끼게 됨이 부끄러워졌다. 거든다고 작은 역할이 아니다. 훌륭한 조연이 있어야 주연이 빛나듯 모두 어딘가에서 자기 몫을 하고 있을 내 몸의 일부분들에게도 고마움을 표한다. 수없이 많은 주삿바늘에 꽂히며 혹사당한 내 왼손이 가장 고맙다. 왼손 역할의 작고 보잘것없어 보이는 세상 모든 것들에게도 고마운 마음을 전하고 싶다.

가을바람이 불 때

혼자만의 여행

휴양림은 사람들의 손길이 덜한 곳이어서 마음에 든다. 자연 속에서 자신과 더 가까이할 수 있는 시간을 갖기에는 안성맞춤이다.

"어디야?"

"음, 여기 너무 멀리 와버렸어. 나 오늘 못 들어갈 것 같아."

"음, 장모님께 갔구나! 어머니께 효도 많이 하고 와."

남편은 의심 없이 내가 친정에 가는 줄로 알았다. 하지만 나는 친정으로 가지 않고 친정 가까이에 있는 휴양림으로 향했다. 가야산에 자리하고 있는 이 휴양림은 가까이에 백제의 미소로 유명한 서산마애삼존불상이 있다. 아래에는 맑은 물이 흐르는 계곡이 있어서 여름에는 사람들이 꽤 많다. 나도 친정 식구들과 여러 번 와서 음식도 먹고 더위도 피하러 왔던 곳이다. 사실 엄마와 둘이 갈까 생각했으나 왠지 나만의 시간을 챙겨 보고 싶었다. 나만의 시간이란 것이 있었는지, 언제였는지 기억이 가물가물했다.

휴양림 입구에서 안내하는 분에게 방 열쇠를 받아 챙겼다. 가져간 간단한 물건들을 방에 놓고 낙엽 쌓인 길을 걸었다. 벌써 깊은 가을이었다. 숲 교실에서 유치원생들과 선생님의 소리가 조용한 숲에 퍼지고,

평일이라 얼마 안 되는 방문객들의 두런거림이 있었다. 천천히 숲길을 걸었다. 이미 밤송이는 다 떨어졌지만 하나둘, 낙엽이 지고 있었다. '투두둑. 툭' 도토리들이 심심치 않게 떨어졌다. 발아래 이미 떨어진 건강한 도토리들을 줍고 싶은 유혹이 일었지만 다람쥐들에게 양보하기로 했다. 늦가을 오후의 호젓한 산길이었다. 혼자라는 외로움과 무서움이 살짝 다가왔다.

"왜 왔니?"

왠지 숲이 나에게 말을 걸어오는 것 같았다. 떨어지는 낙엽과 숲속의 맑은 기운이 나를 감싸 주는 듯한 느낌이 들었다.

　13억 중국인의 정신적 스승 지셴린이 쓴 인생 에세이 『다 지나간다』에 '당신의 삶에서 겨울이 찾아올 수 있다. 하지만 어떤 사람은 얼어 죽고, 어떤 사람은 스키를 탄다.'는 글이 있다. 생각해 보니 내게도 사계절 중 겨울 같은 시간이 몇 번 찾아왔었다. 바른 길로 간다고 생각했는데 허우적거리기도 하고, 내가 본 나침반들이 고장 난 것 같기도 하던 때가 있었다. 그때마다 잘 견디고 지금까지 온 것은 나에게 삶의 목표가 있었기 때문이란 생각이 들었다. 이번에도 태풍처럼 나를 휘젓고 지나간 아픈 시간을 보내며 잠시 길을 잃고 내가 누구인지 모를 때가 있었다.

　헤쳐 나가야 할 어려운 시기에 나는 많은 책들을 보면서 삶에 대해 다시 생각하게 되었고, 그 생각들로 삶을 견디었다. 그리고 행복한 그림을 그리고 일기를 쓰면서 시간을 보냈다. 앞으로도 틀림없이 열심히 삶을 살아갈 것이라는 자신이 생겼다. 나침반을 잘 고치고, 더 인생을 고민하면서 내 앞에 펼쳐진 시간의 가치를 음미해 볼 것이라 다짐했다.

　다음 날 눈을 떴을 때는 이미 날이 훤히 밝아 있었다. 창문을 빼꼼히 열고 밖을 내다보았다. 사방은 온통 우거진 나무였다. 깊은 산, 숲은 모두를 품을 수 있을 것 같았다. 새들도, 동물도, 공기도, 그 어떤 것도…. 울창한 숲이 하나의 커다란 생명체로 느껴졌다. 산 위로부터 햇살이 내려오고 있었다. 지난밤 산이 품고 있던 어둠의 두려움은 밝은 햇살에 사라지고 있었다. 온갖 생물들이 하루의 생활을 위해 밖으로 나오는 아침이었다.

어제 오후 일찍 어둠이 내려와 산책을 멈추고 돌아선 곳까지 걸었다. 이미 해가 중천에 떴으므로 계속해서 어제 걷던 쪽으로 향해갔다. 산을 끼고 난 길이었다. 경사가 있어서 조심해서 걸었다. 산속 맑은 공기를 깊숙이 들이마시며 천천히 걸었다.

이제 돌아갈 시간이다. 짐을 챙겨서 곧장 집으로 가기로 했다. 휴양림을 내려오자 얼마 가지 않아서 백제의 사찰 보원사가 보였다. 올라갈 때는 잘 살펴보지 않았는데 정비 사업이 진행 중인지 쌓아놓은 돌들과 공사의 흔적이 보였다. 포장이 매끄럽지 못한 길을 지나자 이어서 곧 고속도로에 접어들었다. 길 양옆으로 황금빛 산하가 온통 내 가슴으로 들어왔고 푸른 하늘이 눈에 들어왔다. 맑은 하늘과 화사한 햇살을 받으며 곧게 뻗어 나간 고속도로를 시원하게 달렸다. 내 앞날도 마치 그렇게 주욱 맑고 푸르게 달려갈 수 있을 것 같은 생각이 솟았다.

라디오를 크게 틀었다.

하루아침에

하루아침에 선선해졌다. 잘 때는 여름밤이었는데 일어나 보니 선선한 가을 날씨였다. 하루아침에 이렇게 달라지다니 믿기지 않았다. 며칠 전까지만 하여도 낮에는 폭염에 밤에는 열대야로 모두들 힘들어했다. 선풍기를 틀어도 더운 바람이 나왔다. 밤잠을 설치기 일쑤였다. 기상청에 따르면 서울의 8월 하순 기온이 6도가량 높고, 폭염이 24일간 지속되고 열대야도 32일간 이어지는 등 한반도 전체가 뜨거웠다. 한낮 기온이 40도가 넘는 지역이 생겼다고도 했다.

엊그제 오랜만에 바람이 불고 소나기가 쏟아졌다. 그동안 더위와 먼지로 지루했던 여름이 비에 씻기고 바람에 날려가는 듯했다. 그러더니 지난밤에 약간 선선한 바람이 불어왔다.

창문을 열고 보니 쨍하게 맑았다. 구름이를 데리고 가까운 관모산으로 갔다. 인천대공원을 끼고 있는 이 고마운 산에도 바람이 적당히 불어 시원했다. 힘든 여름을 같이 보낸 구름이도 꼬리가 더 올라가고 걸음이 가벼운 걸 보니 바람 기운을 아는가 보다.

나의 인생도 하루아침에 갑자기 달라진 게 많았다. 가장 최근 일은 유방암 진단이다. 어느 날 갑자기 암 환자가 되었다. 환자로서 5년의 긴 시간을 보냈다. 지금은 건강하게 평범한 삶을 살고 있다. 누구는 여유

로운 시간을 보내는 나를 부러워하기도 하고, 누구
는 30여 년간의 교사직을 갑자기 그만둔 것을 안타
까워하기도 한다. 이렇게 갑자기 변한 내 생활과 주
변 일들을 보면서 꿈이 아닐까 생각할 때도 있다.

그러나 잘 생각해보면 하루아침에 달라지는 것은
없다. 날씨가 하루아침에 달라지기 전에 무언가 움
직임이 있었을 것이다. 우리가 알지 못하고 느끼지
못하는 여러 현상들에 의하여 서서히 준비되고 있었
을 것이다. 기상청에 의하면 단비에 폭염이 물러갔
고, 대기 상층에 머물던 찬 공기까지 내려와 선선해
졌기 때문이라고 한다. 그리고 올해의 유례없이 긴
폭염은 지구 온난화로 인한 기상이변 현상인데 이렇
게 빨리 현실로 다가올 것이라고 예측하지 못했다며
기상청장도 고개를 숙였다.

내 병도 하루아침에 온 것은 아니었을 것이다. 천
천히 좋지 않은 조짐들이 있었는데 어리석게도 느끼
지 못했을 뿐이다. 생각해보니 그즈음 많이 피곤했
다. 한두 해 전부터 감기도 잘 걸리고 잔병치레가 잦
았다. 자신을 사랑한다 생각했지만 내 몸을 너무 많

이 혹사시켰다. 그동안 정말 미친 듯이 열심히 달려왔다. 아마
도 그때 세포들이 반란을 일으킨 것 같다. 제발 나를 사랑해
달라고, 나 좀 쉽게 해 달라고.

　지난 5년간 열심히 나를 돌보았다. 이번에 제대로 나를 사랑
하지 않으면 영원히 쓰러질 것 같은 생각이 들었다. 그동안 사
랑받지 못한 내 몸에 대하여 속죄하면서 운동 시키고, 잘 먹이
고, 잘 쉬게 했다. 스트레스에서 멀어지려고 부단히 애를 썼다.
요즈음 나는 정말 건강해졌다. 먼 여행을 다녀온 후에도 거뜬
하리만큼 체력이 강해졌다.

　살다 보면 여러 가지 일을 겪게 된다. 좋은 일만 일어나지도
나쁜 일만 일어나지도 않는다. 지금 힘들고 어려운 누군가가
있다면 희망을 가지라고 말하고 싶다. 열심히 살아온 당신이
라면 아마도 좋은 기운이 서서히 작용하고 있을 것이다. 그리
고 당신도 모르는 사이 하루아침에 쨍하고 맑은 날이 올 것이
라고 생각한다.

　바람이 좋은 아침이다.

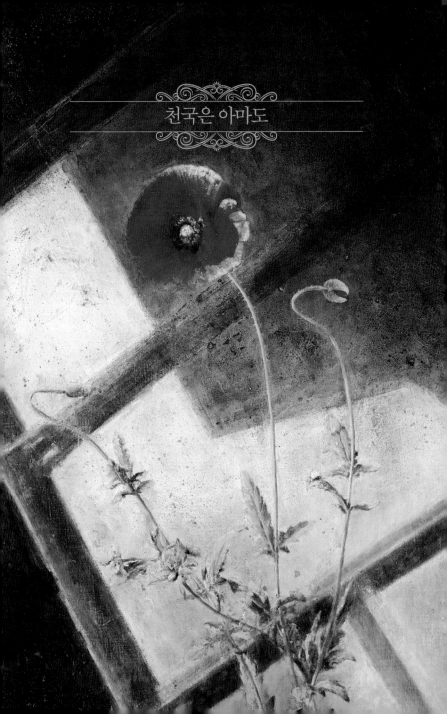

천국은 아마도

수술 후 일주일간 병원에 입원에 있을 때였다. 나는 내 병을 아는 사람들에게 문병도 오지 말고 다른 사람들에게 알리지도 말라고 하였다. 조용히 치료받고 싶으니 퇴원하면 보자고 하였다. 먹을 것도 필요 없다고 하였다. 그래도 한국인의 정서엔 그게 아니었나 보다. 특히 가족들은 수시로 드나들었다. 식구들을 비롯해서 주위 사람들이 번갈아 가며 먹을 것을 가져오고 문병도 왔다.

어느 날 작은딸이 밑반찬과 먹거리를 가지고 왔다. 점심시간이 되어 식사를 하는데 반찬 냄새도 나고 다른 환자와 가족들에게 미안해서 커튼을 둘러쳤다. 소곤소곤 목소리를 낮추고 대화를 나누었다. 사소한 일상 얘기나 이런저런 집안 이야기를 나누었다. 반찬 그릇을 조용조용 여닫으며 우리는 맛있게 먹었다. 작은딸은 부드러운 목소리에 사람들이 좋아하는 인상을 가지고 있다. 게다가 인사성도 바르다.

"엄마, 요거 맛있겠다. 그치? 요거 먹어봐!"

"그럴까? 정말 맛있다. 이거 이모가 만들어 준 거지?"

"응. 이모들이 솜씨가 좋아. 엄마보다. 히히히!"

"엄마는 직장만 다녀서 그래. 대신 맛있는 거 많이 사줬잖아."

"그렇긴 해."

인정했다. 직장 생활에 쫓기던 나는 음식을 제대로 못 했다. 한마디로 음식 솜씨가 별로다. 늘 집밥이 그리웠으나 퇴근 후 녹초가 되어 집에 오면 밥할 엄두가 나지 않았다. 어쩔 수 없이 주로 외식을 많이 했다.

"아. 간식도 있네. 먹어 보자."

한여름에 수술하였으므로 과일도 풍성하였다. 천천히 시간의 여유를 가지고 먹는 식사시간이 얼마 만이었는지 기억이 나지 않았다. 병실에서는 남는 게 시간이었다. 빨리 시간이 가기만을 기다릴 뿐이었다. 평소 못 나누던 여러 가지 이야기들을 병원에서 많이 나누게 되었다.

내 바로 오른쪽 병상에는 30대 중반쯤의 그녀가 입원해 있었다. 그녀는 내 딸이 가고 난 다음 나에게 말을 건넸다.

"아까 무엇을 그렇게 맛있게 드셨어요?"

"반찬 싸 온 것 몇 가지하고 밥 먹었어요. 왜요?"

"소곤소곤 얘기하면서 뭔가 서로 주거니 받거니 하더라고요. 엄청나게 특별나고 맛있는 진수성찬을 차려놓고 먹는 것 같았어요. 살짝 들여다보고 싶더라고요."

"그랬어요?"

"커튼이 쳐져 있어서 안을 들여다볼 수는 없었지만 부러웠어요."

"특별난 것이 없었는데. 죄송해요. 너무 맛있게 느끼도록 해서. 하하하."

병실에서는 서로 인사를 건네고 지내기가 쉬웠다. 같은 병이었으므로 이야기 나누기도 쉬웠다. 그녀는 결혼한 지 몇 년 되었지만 아이가 없다고 하였다. 환경 운동을 하는 부부인데 아이 키울 만한 여건이 안 된다고 하였다. 둘은 아이를 낳지 않기로 하였다고 했다. 대신 커다란 개를 한 마리 키운다고 했다. 평소 일 때문에 이동이 잦은 부부는 개를 사무실에 데리고 가기도 한단다.

"커튼 너머 들려오는 소리가 마치 천국이 있다면 그런 곳이 아닐까 생각했어요. 엄청나게 잘 차려진 진수성찬 앞에서 서로 주거니 받거니 하는 것 같았어요. 소곤거리는 말소리가 아주 비밀스럽기도 하고 궁금했어요. 정말 살짝 들여다보고 싶었다니까요. 저 생각이 바뀌었어요. 아이가 있으면 좋겠다는 생각이 들었거든요. 개 대신 따님 같은 아이를 하나 가져 볼까 진지하게 생각하고 있어요."

내가 우리 아이와 밥을 먹을 때 나눈 이야기는 그저 평범한 일상 이야기였다. 그러나 밖에서 듣는 누군가는 천국같이 느껴졌다니 나도 놀랐다. 우리들의 평범한 일상이나 행동도 그 누군가에게는 천국일 수도 있다니!

씩씩하던 그녀가 궁금해진다. 아마 지금 나처럼 건강하게 잘 지낼 것이라고 생각한다. 어쩌면 예쁜 아이를 낳아서 천국을 맛보고 있을지도 모르겠다.

2부

레테, 그 너머

레테

1.

레테에 내가 처음 발을 들여놓은 것은 대학 졸업 후 교사로 발령을 받고 얼마 지나지 않아서였다. 대학 때부터 글을 쓰던 국어교육과 H와 친하게 지내고 있었는데 그 친구가 레테를 드나들며 문인들과 친분이 있었다. 친구와 처음 그곳에 갔을 때는 장위동에 위치하고 있는 조그맣고 아늑한 작업실이었다. 얼마 지나지 않아 그 화실은 고대 건너편 건물 2층에 자리를 잡았다. 화실 이름은 '레테'였다.

'이현'이라는 이름의 화실 선생님은 화실 이름에 어울리는 여자분이었다. 왠지 나이에 비해 많은 사연을 지녔을 것 같은 분위기였다. 나보다는 서너 살 많았는데 훨씬 어른스럽고 무엇이든 아는 것도 많아서

까마득한 선배처럼 느껴졌다. 학생들은 많지 않았지만 분위기는 좋았다. 입시와 상관없이 그저 그림이 좋아서 오는 사람들이었다. 한 고대생은 화실비를 벌기 위해 아르바이트를 다니고 있었다. 나도 월급의 많은 부분을 그곳에 투자하고 있었지만 아깝다고 생각하진 않았다. 여고 시절 미술반에서 그리던 석고 데생이나 대학 때 무심히 그리던 유화와는 다르게 그곳에서 배우는 그림은 나를 끌어들이는 무언가가 있었다.

　나는 거기서 주로 목탄 데생이나 맑은 수채화를 그렸다. 월급을 타면 꽃집에 들러 향이 좋은 국화나 프리지아를 사 가지고 갔다. 선생님은 화병에 예쁘게 꽂아놓았고 나는 그것을 자주 그렸다. 봄철에 햇살이 좋을 때는 팬지나 이름 모를 예쁜 꽃이 핀 화분을 사 갔다. 우리는 꽃을 보며 행복해하고 향기를 맡으면서 그것을 열심히 그렸다. 그런데 화분이나 꽃이 오래가지는 못해서 늘 안타까워했다. 선생님은 테라핀 오일 향이 좋다며 소파 근처에 뿌리기도 했다. 정말 향이 좋은 것 같기도 했고 왠지 멋져 보이기도 했다. 그 행위가 예술가답다고 생각하기도 하였다. 레테에서는 늘 음악이 흘러나왔고 시낭송 음반에서는 이생진 시인의 「그리운 바다 성산포」가 수시로 들렸다. 철썩이는 파도와 갈매기 소리를 배경으로 낭송하던 성우의 시를 들으며 나는 성산포에 간절히 가고 싶었다. 그리고 가슴이 답답할 때마다 시집 『그리운 바다 성산포』를 읽으며 바다로 떠났다.

　넓은 화실 한쪽은 카페로 사용하고 있었다. 이현 선생님은 학교 시청각실에서나 사용할 것 같은 햇빛이 투과되지 않는 붉은색의 두꺼운 빌로드 천의 암막 커튼으로 창문을 가리고 화실을 항상 분위기 있게 만들었다. 예쁜 향초에 불을 붙이고 투명한 유리잔에 이름이 기억나지 않는 붉은 빛깔의 차를 자주 마셨다. 주중에는 화실에서 책상을 모아놓고 다과를 준비하고 시 낭송회를 하며 문학의 밤도 열었다. '아무도 날 찾는 이 없는 외로운 이 산장에/단풍잎만 채곡채곡 떨어져 쌓여있네…병들어 쓰라린 가슴을 부여안고/나 홀로 재생의 길 찾으며 외로이 살아가네.'라는 가사의 〈산장의 여인〉 같은 노래도 선생님은 분위기 있는 목소리로 아주 잘 불렀다. 어쩌면 선생님은 그 당시 내 우상이었다.

나와 선생님은 친해져서 햇살 좋은 주말에는 도봉산에 갔다. 햇살 따라 올라가 보면 산에도 선생님의 지인들이 있었다. 선생님은 늘 나에게 자상하게 그들을 소개해주었다. 나는 가슴이 따듯해져서 새로운 세계로 빠져들었다. 화실에는 여러 사람들이 많이 드나들었는데 문인들 중에 황금찬 시인이 있었다. 선생님과 나이 차이가 꽤 있었다고 생각되지만 그에 상관없이 두 분은 친구처럼 지내셨다. 그리고 언젠가 또 나에게 소개해준 분은 소설가 서영은 선생이다. 나는 그때 그분의 이름을 알고 있었다. 실제 본 모습은 생머리에 꾸밈없는 얼굴을 하고 있는 소박한 모습이었다. 글을 읽고 떠올렸던 그녀의 모습과는 좀 거리가 있었다. 창가 책상의 구석에 조용히 앉아 있었고 살짝 어두운 표정이었다. 생머리에 화장기 없는 얼굴이어서 오랫동안 기억을 했다. 그 외에 선생님과 친한 젊은 기자들도 드나들었는데 하마터면 나도 소개받을 뻔했다. 지금 같이 사는 남자가 갑자기 나타나는 바람에 취소되었지만….

선생님은 내가 그림에 소질이 있다면서 계속 공부하면 좋겠다고 했다. 또 성공하려면 국내보다는 외국에 가서 공부를 하고 오는 것이 좋겠다고 조언해 주셨다. 그렇지만 그때는 교사 발령이 난 지 얼마 안 되었고, 의무적으로 근무해야 하는 기간이 있었다. 어떻게 해야 할지 선

뜻 결정을 하지 못하고 있었다. 그래도 왠지 새로운 무엇을 할 수도 있을 것 같았고 더 큰 그림을 그릴 수 있을 것 같았다. 그럴 즈음 무엇이든 내 말을 들어줄 것 같고 힘이 되어줄 것 같은 남자가 내 앞에 나타났다. 얼마 지나지 않아 그 화실에 함께 가서 결혼할 거라고 인사를 한 것이 레테와는 마지막이었다.

그 후 나는 지금껏 그곳에 가보지 못하였다. 벽에 걸린 그 당시 그렸던 8호짜리 유화 작품 한 점이 그 선생님과 화실을 생각나게 한다.

2.

'레테', 그곳은 정말 망각의 강이었을까?

나는 레테를 늘 기억 속에 담아두었다. 이현 선생님도 잊은 적이 없다. 선생님은 어떻게 지내시는지 궁금했다. 나는 그녀가 지금까지도 여전히 자유롭게 자신의 세계를 가지고 살아갈 거라는 생각이 들었다. 어느 날 여기저기 이현 선생님을 찾아보았다. 선생님은 로마에 있었다. 그 당시 어두운 곳에 웅크리고 있던 여인의 누드 대신 푸른 초원의 양떼들을 그리며 살고 있었다. 서울에 와서 몇 년 전에 개인전을 한 것도 알아내었다. 이제는 만나는 것도 가능하리라는 생각이 들었다.

나도 다시 붓을 들었다. 한동안 두터운 마티에르의 풍경이나 여인의 누드를 그렸다. '기억 너머', '잊혀진 풍경', '그리운 자리'의 그림들 대신에 밝은 그림을 그리기 시작했다. 이제 햇살 받으며 피어나는 대지의 생명을 그린다. 부드러운 새싹이 나고 초록의 시간이 오고 꽃이 벙글고 한해가 오가는 것을 보면서 충만한 자연의 축복을 화폭에 담아본다. 행복했던 순간들의 기억들을 찾아본다. 행복의 주문을 걸어 붓을 든다.

레테의 기억들이 안개처럼 밀려오는 날이다. 그곳이 허상이 아니었
음을 스스로에게 말하며 기지개를 켜본다.
'레테', 그곳은 내 젊은 날의 잊을 수 없는 강이었다.

연밥

연밥이 화병에 꽂혀 있다. 나팔꽃 마른 덩굴줄기 몇 가닥과 어울려 식탁 한편에 있다. 색깔이 선명하지도 않고 향기가 특별하지도 않지만 나름 기품이 있어 보인다. 특히 무채색이 풍기는 도도함이 마음에 든다.

가을에 연근을 한 박스나 구입했다. 연밥 두 대가 연근과 함께 딸려 왔다. 연밥은 연꽃의 씨방이다. 파란 연밥이 설익은 과일 모양으로 박스에 담겨져 있었다. 꽃 같기도 하고 열매 같기도 하다. 보내신 분의 센스에 감사하며 이걸 어떻게 할까 생각하다가 화병에 물을 넣고 연밥을 꽂아 식탁 한쪽에 두었다. 연밥이 꽃잎처럼 벌어지면서 조금씩 커지고 있었다. 다시 꺼내어 꽃처럼 말렸더니 갈색으로 변하면서 딱딱하게 굳어졌다. 자세히 살펴보니 숭숭 뚫린 구멍에 작고 동그란 씨앗들이 보였다. 연밥이 다 마르자 다시 빈 화병에 꽂았다. 식탁 한쪽의 하늘빛 작은 탁상시계와 짝이 되게 놓았다. 그러고 보니 무엇과 놓아도 어디에 놓아도 어울릴 것 같은 색깔과 모양이다. 활기찬 봄빛의 싹이 아니어도 향기 나는 꽃이 아니어도 이미 연밥은 그 자체로도 그림의 완성품이었다.

연밥에 관한 기억을 더듬어보니 화실에서부터다. '레테' 화실에 한참 다니던 이십 대 중반 무렵에는 목탄 수업을 열심히 들었다. 화실에선 연밥도 그림 소재 중의 하나였다. 가을 억새나 주황색 마른 꽈리 등과 같이 꽃병에 꽂아 놓으면 참 잘 어울렸다. 연밥은 수채화 그리기에도 괜찮았지만 데생하기엔 더없이 좋은 소재였다.

그 시절 같이 화실에서 공부하던 친구들은 무엇을 하는지 궁금해진다. 나를 지도해 주던 선생님은 로마에서 주로 작업하신다는 것을 얼마 전에 알았다. 선생님은 언니같이 자상했다. 선생님은 그림뿐 아니라 이것저것 나에게 많은 것을 알려 주었다. 화실과 같이 운영하는 카페에도 여러 사람들이 드나들었다. 그때 한 청순했던 고대생은 무얼 하는지 궁금해진다. 화실비를 마련하느라고 찻집에서 아르바이트를 하던 그녀였는데 지금도 그렇게 열심히 살아갈 것 같다. 그리고 자주 드나들던 그 젊은 기자, 두어 명의 시인들…. 모두 지금은 어떤 모습일지 궁금해진다. 그 푸르던 시절.

요즈음은 먹거리에 관심을 많이 쏟게 된다. 최근에 건강한 밥상에 관해 신경을 쓰면서 연근과 친해졌다. 연근이 여러모로 몸에 좋다고 한다. 하지만 연밥에 관해서는 별생각을 해보지 않았는데 이번에 검색을 해 보니 식용 면에서도 그 효용 가치가 무궁무진하다.

연밥은 기력을 돋아 온갖 병을 낫게 하고 오장을 보하며 정신을 맑게 하고 마음을 안정시킨다고 한다. 또한 원기회복에 좋으며 집중력을 높이는 데에도 매우 좋고 치매 예방과 치료에도 효과적이라는 것이다. 차로 마실 수 있으며 물 대용으로 마시면 아주 좋다고 한다.

연밥은 지금 내 식탁 위 한켠에서 여름날을 그리워하듯 그 빛을 접고 조용히 열매를 담고 있다. 지금은 추운 한겨울이다. 따뜻한 차 한 잔을 마신다. 혼자 앉아있는 식탁에서 연밥이 가만히 나를 지켜본다. 나도 연밥에게 조용히 무언의 이야기를 한다.

연의 씨앗은 3천 년이 지나서도 적절한 조건이 되면 발아한다고 한다. 어느 먼 훗날 아니 어디에선가 고운 자태로 고운 꿈 피어나길, 내 가슴에 살아있는 오랜 꿈들처럼…. 나도 한때 가슴에 구멍 숭숭 뚫렸던 적이 있었다. 고이 간직했던 꿈이 아무 곳에나 버려질 뻔하던 시절도 있었다.

오래도록 희망 담고 사는, 언젠가 싹틀 연밥 속 씨앗이 되고 싶다.

조용히 새봄을 기다려 본다.

진달래는 그리움이다

　　나들이하기 좋은 따스한 봄날, 친구들과 진달래 꽃구경을 다녀왔다. 바람에 날리는 벚꽃이 흐드러진 야산에 붉은 진달래가 지천이었다. 키가 큰 녀석, 작은 녀석, 여러 모양의 진달래가 여기저기 군락을 이루어 장관이었다. 많은 상춘객 속에서 이리저리 포즈를 잡고 꽃 속에 묻혀 사진을 찍었다. 붉은 진달래만큼이나 들떠서 꽃구경에 취했다.

　　삭막한 아파트로 가득한 회색빛 도시에선 진달래를 볼 수가 없다. 다른 꽃들은 길가에서도 피고, 화단에서도 피지만 진달래는 김소월의 시처럼 저만치서 피는 그런 꽃이다. 잘 정돈된 정원에서도 기껏해야 진달래 비슷한 철쭉을 볼 뿐이다. 수목의 변화 때문이기도 하겠지만 요즘 산에도 진달래꽃이 많이 보이지 않는다. 다행히 원미산은 부천시에서 집중적으로 진달래를 심어서 축제도 하며 홍보를 하고 있다. 이렇게 도시 가까운 곳에서 진달래를 구경할 수 있다는 것은 행운이다.

　　어린 시절, 앞산 뒷산에서 벌겋게 진달래꽃이 피기 시작하면 친구들과 산으로 갔다. 만만한 놀이가 없던 그때, 진달래 지천이던 산에 올라 꽃 속에 묻혀 예쁜 꽃을 꺾어 꽃방망이를 만들고 꽃잎을 따 먹기도 하면서 봄철을 보냈다. 요즘은 그때같이 아름답고 소담스러운 진달래꽃을 잘 볼 수 없다. 그때 나는 산속 깊이 가지 말아야 한다는 생각을 염

두에 두고 있었다. 진달래꽃이 더 무성한 곳으로 꽃을 따러 들어가고
싶었지만 이모님의 오싹한 이야기가 무서웠기 때문이다.

외할머니는 아들 없이 딸만 두셨고 돌아가실 때까지 막내딸인 엄마
와 같이 살았다. 할머니가 계신 우리 집에 이모님들은 자주 와서 주무
시고 가셨다. 외할머니를 보러 오시는 것이었겠지만 맘씨 좋고 착하기
만 한 아버지가 편했기 때문에 며칠씩 쉬어 갈 수 있었을 것이다. 특히
온양에 사시던 큰 이모님은 더 자주 주무시고 가셨다. 이모님은 옛날이
야기도 잘 해주셨지만 실제 있었던 이야기라면서 무섭고도 오싹한 이
야기로 우리를 빨려들게 만들었다. 이 산 저 산에 진달래가 물들어 아
이들이 진달래꽃을 꺾으러 산속 깊이 들어가면 그때 문둥이가 나타나

아이를 잡아 간을 빼간다는 이야기다. 그래야 문둥병이 나을 수 있다는 일종의 괴담이었다. 아직도 기억하고 있는 이모님의 문둥이 이야기에 너무 무서워서 깊은 산속으로 들어가지는 못하였다.

진달래꽃으로 산이 붉게 물들면 봄이 시작된다. 찔레꽃 향기 속에서 산을 쏘다니고 아카시아 향기 맡으며 학교를 오갔다. 여름이 오고 가을이 오고 겨울이 되고 시간이 흘러갔다. 진학을 위해 도시로 떠났고 고향의 산을 한동안 떠났다. 대학을 졸업하고 포천의 한 초등학교로 발령이 났다. 그때 학교 학부형 중에 아름다운 한 여인을 알게 되었다. 그녀가 학교에 나타나면 멀리서도 눈에 띄었다. 미모와 지성을 겸비한 그녀는 두 아이의 엄마였는데 어린 왕자와 같은 아들과 인형같이 예쁜 딸을 두고 있었다. 나는 그 어린 왕자의 담임이었다. 발령 2년 차 2학년을 담임할 때였다. 나는 아이보다 그녀에게 더 관심이 갔다. 부산하고 바쁘던 새 학기의 삼월이 지나고 사월 어느 날 초대를 받아 그녀의 집에 갔다. 가정방문을 권장하던 시절이었다. 그녀의 집은 학교에서 약간 떨어진 산비탈의 비스듬한 능선에 지어져 있었다. 집 뒤로 진달래꽃이 붉게 타오르고 있었다. 진달래꽃이 그렇게 멋지게 보인 적은 없었다. 자연과 잘 조화된 집을 여태 본 적이 없었다.

'붉게 타오르는 진달래꽃 속에 묻힌 저 아름다운 집에 그녀와 그녀의 가족이 살고 있었구나!'

대학에서 도자기를 전공한 그녀가 빚은 붉은 토분에서는 여러 가지 식물들이 자라고 있었다. 그녀의 남편도 건강해 보였다. 나는 그들이

동화 속 주인공 같다는 착각을 했다. 진달래꽃 속에 묻힌 그녀의 집과 가족은 모두가 완벽한 그림이었다. 나도 저런 곳, 저런 집에서 예쁜 아이들과 살고 싶다는 꿈을 꾸었다.

젊은 날, 교단에 섰던 시절에 만난 아름다웠던 그녀는 지금도 여전히 고운 모습으로 잘 살고 있으리라 생각한다. 한때 내 제자였던 어린 왕자도 건강하고 멋진 어른이 되어 있을 것이다.

진달래가 품은 아스라한 풍경을 따라 먼 시간까지 되돌아가 본다.

잘 지내니?

　　최근 부쩍 정신이 없다. 잘 두었던 물건도 생각이 나질 않는다. 오늘도 그랬다. 전에 미처 마치지 못한 그림 작업이 있어서 자료를 찾았다. 작업실을 정리했기 때문에 찾는 물건을 어디에 두었는지 생각나지 않았다. 정리해 놓은 책도 꺼내보고 다른 물건들도 들춰 보았다. 잘 두었는데 도통 기억이 나지 않았다. 여기저기 찾아보다가 책과 책 사이에 끼어있는 오래된 사진 한 장을 발견했다.

　　'1994년도 부천서초등학교'라고 사진 아래쪽에 적혀 있었다. 교직원들이 백여 명 가까이 되는 큰 학교여서 졸업 앨범에 넣으려고 교직원들끼리 찍은 사진이었다. 내가 그 학교를 떠나기 1년 전 사진이었다. 기억을 더듬으며 찬찬히 사진을 들여다보았다. 얼굴들이 생각나기도 하고 살짝 기억에서 멀어진 동료들도 있었다. 그런데 사진 속에 뜻밖에 반가운 얼굴이 있었다.

　　'아, 최 선생이 이때 나와 함께 근무했었네.'

　　지금은 어디에서 근무하고 있을까, 잘 지낼까, 가끔씩 생각나던 후배였다. 그런데 왜 내 머릿속에서 그녀와 같이 근무한 기억의 파일이 삭제된 것일까?

　　고향 후배인 그녀는 어느 추운 겨울날 고개 너머 허름한 나의 시골집에 찾아왔다. 같은 대학 후배가 되었다면서 인사하러 왔다고 수줍

게 말했다. 손에는 내가 좋아하는 윤동주의 시집이 들려있었다. 나는 그녀가 선물한 윤동주의 시집을 지금도 가끔씩 꺼내어 읽곤 한다. 누렇게 빛바랜 시집을 넘기며 그 시절과 청춘을 기억해 보곤 한다. 그녀와 함께했던 아련한 추억들이 윤동주 시 속에서 떠오른다.

죽는 날까지 하늘을 우러러
한 점 부끄럼이 없기를,
잎새에 이는 바람에도
나는 괴로워했다.
─윤동주 「서시」 부분

다정했던 사람들과 서서히 멀어진다는 것은 가슴 아픈 일이다. 나중에야 그 사실을 알았을 때는 이미 늦었을 때다. 생각해보면 나는 좋은 사람들을 많이 놓쳤다. 오늘 사진 한 장을 보며 내 곁을 스쳐 간 사람들을 생각해 본다. 미안해하면서 아쉬워하면서, 또 나는 그들에게 어떤 사람인가 생각해본다.

그리운 이들이여! 잘 지내지요?

친구, 언제나 내 편인

부천과 서울이 그리 먼 것도 아닌데 한동안 친구를 만나지 못하였다. 토요일도 늦게까지 근무하는 친구를 위해 그녀가 근무지에서 가까운 곳으로 약속 장소를 잡았다. 오랜만에 보는 서울은 많이 변하였다. 병원을 오가느라 한동안 바깥세상을 못 보는 사이 집 앞에 지하철이 생겼다. 새로 개통된 전철을 타고 단숨에 강남까지 갔다. 한참 뒤에 인파 속에서 그녀가 환하게 웃으며 나타났다. 얼마 전까지만 해도 예쁜 옷으로 멋을 내고 하이힐을 신고 나왔었는데 나도 친구도 편한 복장이었다. 구두 대신 운동화로, 원피스 대신 바지와 셔츠로 복장이 바뀌어 있었다. 그래도 그녀는 여전히 곱고 예뻤다. 어릴 적부터 매력적이던 보조개도 여전했다.

"혜숙아. 맛있는 것 먹으러 가자."

우선 음식점을 찾았다. 뭐니 뭐니 해도 잘 먹어야 할 것 같았다. 지리에 익숙지 못한 우리가 겨우 찾아낸 곳이 유황오리 고깃집이었다. 저녁을 먹기에는 아직 이른 시간이라 손님은 별로 없었다. 주문을 하고 조금 있으려니 한 무리의 일본 관광객이 들어왔다. 이어서 계속 예약 손님들로 붐비기 시작했다. 유명한 집인 것 같았다.

초등학교 때부터 지금까지 그녀는 내 곁에 있다. 늘 그 자리에 그녀가 있었다. 수다스럽지 않은 그녀는 언제나 내 편이다. 힘들었던 사춘

기 시절에 그녀가 없었으면 세상이 더 삭막했을 것이다. 내 모든 것을 아는 그녀는 언제나 곁에서 조용히 내 자존심이 다치지 않게 배려해 준 친구다.

초등학교 시절 크리스마스 무렵이었다. 그녀는 공책 한 묶음과 연필을 선물로 주었다.

"난 네가 그려주는 종이 인형이 필요해. 크리스마스 선물로 그려주면 안 될까?"

내가 부담스러워 할까 봐 그렇게 말했다는 걸 나는 알고 있었다. 물론 문방구에서도 인형 놀이를 팔았지만 정말 정성 들여 예쁘게 인형과 인형 옷을 그려서 그녀에게 선물했다. 여러 가지 예쁜 옷들을 그리고 가위로 오려 종이 인형 옷 입히기 놀이를 하던 때이다.

어느 날 그녀가 나를 초대했다. 커다랗고 멋진 한옥 기와집이었다. 당시 대부분 집의 마루에는 가족사진이 주로 걸려 있었다. 그런데 이 친구 집에는 경험하지 못한 새로운 것들이 걸려 있었다. 둘러보니 온통 아버지의 훈장들이었다. 그분이 당시에 당진에서 모르는 사람이 없을 정도로 유명한 분인 줄은 알았지만 훈장으로 마루를 가득 채우다니 놀라웠다. 두리번거리는 나에게 친구 언니가 친절하게 과일을 깎아주었다. 가족들도 하나같이 참 좋은 사람들이었다. 농촌교육을 위해 힘써온 계몽 운동가인 아버지를 둔 그녀가 친구인 것이 나는 늘 자랑스러웠다.

소녀 시절, 우리들은 서로 커서 무엇이 될까 고민을 함께했다. 둘은 읍내의 빵집에 자주 갔었는데 커서 취직을 못 하면 같이 이런 장사를 하자며 웃기도 했다. 내가 교대에 들어갔을 때 그녀는 여의도에 있는 큰 회사에 다니게 되었다. 대학을 가서 경제적으로 어렵게 공부하는 나에게 그녀는 밥도 사고 종로 찻집에도 자주 데리고 갔다. 시끄러운 음악 속에서도 우리는 여전히 즐겁게 떠들었고 행복했었다. 어느 여름날 태안에 갔다가 막차를 겨우 잡아타고 온 일, 남대문 시장에 가서 같이 옷을 고르던 일… 참 많은 시간을 친구와 함께했다. 지나온 시간들이 머릿속을 스쳐 지나갔다.

주문한 음식이 생각보다 많아서 다 먹지도 못하고 커피숍으로 자리를 옮겼다.

"혜숙아. 네가 나 대학 시절 돈도 없이 학교 다닐 때 커플 반지도 사 주고 목걸이도 사 주고 맛있는 것 많이 사준 거 기억나?"

그녀와 나는 졸업 기념으로 커플 반지를 사서 같이 끼었던 추억을 함께 나누었다.

"혜숙아 너도 엄마가 계셨으면… 어쨌든 엄마가 계시면… 그치?"

내 어려운 시절을 같이해 준 그녀는 아직 싱글이다. 사랑하는 내 친구, 누군가 좋은 사람을 만나 더 행복해졌으면 좋겠다. 어린 시절부터 지금까지 늘 곁에 있는 내 베프 Best friend, 노을빛 보는 시간에도 함께했으면 좋겠다.

겉절이처럼 묵은지처럼

"겉절이가 참 맛있다."

그 깊고 오묘한 맛에 감탄하면서 남편이 저녁을 먹는다. 이미 늦은 시간인데도 너무 맛있게 보여서 먹고 싶다니!

낮에 친구 선옥의 아들 결혼식이 있었다. 벌써 아이들을 키워서 결혼을 시키다니 세월이 꿈같이 흘렀다. 아직도 친구는 젊은 시절 미모를 간직하고 있어서 나이를 실감할 수가 없었다. 호텔 결혼식이어서 그런지 진수성찬이 나왔다. 고기며 회며 여러 가지 음식들이 맛도 있고 고급스러웠다. 친구들은 선남선녀의 결혼식 이야기를 하면서 음식에도 관심을 가졌다. 나오는 가지가지 음식에 대한 평도 하고 어떻게 만들어졌는지 이야기도 했다.

우리들이 만난 지도 벌써 30여 년이 지나간다. 아이들이 막 태어나거나 결혼할 무렵에 우리들은 한 학교에서 만났다. 발령 받은 지 몇 년 안 된 새내기들이었다. 학급 수가 많던 큰 학교에는 젊은 교사들이 많았다. 그때 가정생활이며 학교생활이며 우리들은 배울 게 너무 많았다. 그때 서로 알게 된 친구들은 아이들을 키우고 대학을 보내고 결혼을 시키게 되는 지금까지 함께 같은 길을 걸어왔다.

"인길네 가서 겉절이에 밥 한 그릇 먹었으면 좋겠다."

맛있는 진수성찬 앞에서 영미는 인길네 겉절이 타령이다. 식장에 같이 오려고 인길네 집에 갔더니 겉절이를 하고 있었는데 먹어보니 너무 맛있어서 호텔 음식보다도 더 먹고 싶다는 것이다. 언제나 분위기를 이끄는 영미는 대학 동창이며 미술교육과 서양화반에서 2년간을 같이 공부했다.

예식이 끝나고 바로 헤어지기 서운했던 우리들은 찻집에 가서 차 한 잔을 더 하며 이야기하다가 헤어지기로 했다. 아직도 무슨 수다가 그렇게 많이 남았는지 일어날 줄을 모른다. 인길이는 자기 집으로 가서 겉절이에 저녁을 먹고 가라고 한다.

인길이는 못하는 음식이 없다. 언젠가 해신탕을 해 줬을 때 우리들은 모두 감탄했다. 영미는 마치 자기의 생일 같다고 좋아했다. 나는 평생 생일에도 그런 맛있는 음식을 먹어본 적이 없다고 한술 더 떠서 말했다. 그녀는 간수를 내어서 두부도 직접 만든다. 빵도 집에서 구워 먹는다.

인길이는 도착하자마자 고구마 찐 것을 내어놓았다. 그리고 땅콩 볶은 것을 또 내어놓는다. 뭔가 또 특이한 차를 가져온다. 그녀는 이런 융숭한 대접을 그저 즐겁게 우리에게 베푼다.

드디어 그녀가 아침에 절였다는 겉절이와 함께 저녁이 나왔다. 성복이가 주었다는 고비로 만든 고비 나물, 직접 만들었다는 매실 장아찌, 국물김치, 깍두기, 고등어 무조림, 고사리 나물 등등 상다리가 휘어진다는 것은 이런 것을 두고 하는 말인 줄 알겠다. 친구들은 모두 입을 다물지 못했다. 우리들도 이렇게 행복해하는데 그녀의 남편은 참 행복하겠다.

그날 수다를 떨며 늦게까지 그곳에 있었다. 그리고 나올 때는 그녀가 담은 겉절이를 한 봉지씩 얻었다.

인길이는 지금도 30여 년 전 신혼집에서 살고 있다. 변치 않는 그녀의 마음처럼 그곳에 붙박이로 산다. 의리파인 그녀는 늘 우리들의 맏언니처럼 든든하다. 언제나 경조사에 달려간다. 그것은 우리들에게만 해당되는 것은 아니다. 학교에서도 서로 자기 학교로 오게 해 달라고 교장선생님들이 물밑 작업을 한다고 한다. 그렇게 좋은 일들을 해서 그런지 그녀는 이십 대처럼 팔팔하고 건강하다. 지금도 6학년을 자진해서 맡을 정도로 건강한 그녀가 오래오래 우리들과 동행했으면 좋겠다. 그녀가 오래오래 행복했으면 좋겠다.

살아가면서 공유할 것이 있는 친구가 있는 것은 행복하다. 게다가 이렇게 좋은 친구들이 있으니 더 행복하다. 두 아들을 나라의 인재로 키우느라 아직도 바쁜 성복, 까칠한 것 같지만 맑고 순수한 마음씨의 양이, 언제나 마님처럼 품위 있게 나타나는 춘은, 자기 아들한테 시집보내게 딸 잘 키워 달라던 성옥. 우리들의 행복한 수다가 영원했으면 좋겠다. 그리고 입맛을 돋워주는 겉절이의 싱싱한 맛처럼 우리들도 언제나 그렇게 맛깔 나는 사이이길 바란다. 또 상큼한 겉절이가 묵은지가 되도록 오래 함께했으면 한다.

웃터골 아이들

84. 7. 지순.

유난히도 더운 여름날 제자들을 만나기 위해서 차를 몰고
시흥으로 갔다. 학교 이름도 예쁜 '웃터골초등학교'이다. 운동장에 차
를 세우고 과일 가게에서 포도 한 상자를 샀다. 현관 신발장에서 교직
원 칸 대신 내빈 칸에 구두를 벗어 넣고 슬리퍼로 갈아 신은 다음 교무

실로 올라갔다. 방학이라서 방과 후 학교 공부를 하는 아이들만 간간히 눈에 띄었고 학교는 조용했다. 교무실엔 내가 근무하던 때부터 있던 교무행정보조가 여전히 그 자리에 있었다. 반갑게 인사를 나누고 차 한 잔을 대접받았다.

"샘! 어디예요?"

희빈이의 목소리가 들린다.

"선생님 교무실이야! 곧 내려갈게."

일학년 담임을 맡았을 때 가르쳤던 희빈이는 벌써 육학년이다. 그동안 문자와 카톡으로 명절이나 크리스마스가 되면 잘 있는지 안부를 묻곤 했었다. 그런데 이제는 다 컸다며 굳이 내가 사는 부천으로 친구들과 오겠다고 하였다. 애들끼리 오다가 일이라도 나면 어쩌나 걱정도 되고 차라리 내가 가는 게 모두에게 편할 것 같아서 방학을 기다려 시흥으로 내려왔다.

현관을 나오니 아이들이 주차장 근처에서 서성거리면서 내가 내려오는 것을 보고 있었다.

"선생님 안녕하세요?"

"반갑다. 희빈이, 지희, 주희도 왔네. 수연, 주연이도 왔구나."

"선생님 아직 젊으시네요."

"그래? 고맙다. 우리 일단 먹으러 가자. 어디로 갈까?"

학교 근처엔 마땅한 음식점이 없었다. 변변한 피자 가게도 없었다. 나는 아이들이 가자고 하는 중국집으로 향했다. 그곳은 학교에서 조금 떨어진 대야동 번화한 곳에 있었다. 차를 건물 건너편에 주차하고 들어간 4층의 중국집은 조용하고 깨끗했다. 방도 여러 개가 딸려 있었다. 이미 몇 번을 왔었는지 지희가 익숙하게 안내를 했다. 점원은 우리를 크고 조용한 방으로 안내해 주었다. 차림표를 보며 아이들이 좋아하는 짜장면과 짬뽕을 시켰다.

"얘들아 탕수육도 시키자."

"정말요?"

"그럼! 선생님 너희들 사줄 돈 있으니까 맛있게 많이 먹자."

부천에서 대부분을 지내며 우리 아이들도 키워봐서 알지만 일학년 때 가르친 아이들이 꾸준히 선생님 전화번호를 외우고 연락을 주고받기란 쉽지 않다. 웃터골의 아이들은 아직도 소박하고 예의 바르고 선생님에 대한 존경심이 크다. 이렇게 정이 많은 아이들과 보냈던 시간은 좋은 추억으로 남아있다.

교직 생활 동안 나는 시골의 조그만 학교에서 적은 수의 아이들을 가르치면서 가족같이 지내보고 싶었다. 김용택 시인이 그가 나고 자란 지리산 섬진강변에서 아이들을 가르치며 교단 일기를 썼는데 그가 부러웠다. 나도 그런 선생님이 되기를 원했다. 그런데 그 꿈을 이루지는 못했다. 도시에 근무하는 남편과 아이들 교육 때문에, 또 이런저런 이유로 그 소망을 이루지 못한 것이 못내 아쉬울 뿐이다.

벌써 오 년 전의 제자들이라서 기억이 안 날까 걱정하며 이런저런 자료를 찾아보니 마침 그해 수업 장면이 찍힌 사진이 한 장 있었다. 가져 간 사진을 보며 아이들과 이야기를 나누니 화제가 풍성했다. 하기는 초등학교 앨범을 보면서도 오십이 넘은 친구를 찾을 수 있으니까.

"얘들아 여기 얘는 정수민 맞지? 요기 삐딱하게 앉아 있는 게 문주연이고 아, 여기 바른 자세가 채빈이구나."

밥을 먹었으니 무언가 또 해야 할 것 같았다.

"얘들아 노래방 갈까?"

아이들은 또 좋아한다. 제자들이 안내하는 노래방으로 갔다.

"선생님 만 원 내세요."

노래방 값도 부천에 비해서 싸다.

"먼저 선생님 한 곡 부르고 너희들 불러라."

나는 비틀즈의 팝송 한 곡을 부르고 마이크를 아이들에게 넘겨주었다. 아이들은 그저 신나서 분위기를 잡고 노래도 잘 불렀다. 기특한 녀석들과 한참 즐기고 있으려니 화진이와 준오가 쑥스러워하며 노래방으로 찾아왔다. 밑에서는 준오 엄마가 나를 보고 가겠다고 잠시 들르셨다.

더운 여름날이었지만 그렇게 시흥의 아이들과 하루를 보냈다. 집에 돌아오니 아이들이 고마웠노라고 카톡으로 인사를 한다. 잘 먹었다고 덧붙이는 것도 잊지 않는다. 부천으로 오겠다는 것을 위험하다며 말리고 차라리 내가 가기를 잘했다는 생각이 들었다. 시흥에서 아이들을 가르친 일, 오늘 하루 아이들과 지낸 시간이 꿈결 같기만 하다. 아직도 학교에 근무하는 것 같은 생각이 들었다.

3부

호숫가 버드나무

호숫가 버드나무

'잘 지냈지? 나 다시 살아서 왔어.'

나는 그 호숫가를 찾았다. 벌써 두 해가 지났다. 그때처럼 햇살은 여전히 눈부셨고 버드나무 이파리들도 반짝 빛나고 있었다.

사월의 어느 봄날 아침이었다. 집 근처의 호수공원을 찾았다. 평소 잘 가던 공원이었지만 낮에는 거의 와보지 못했다. 퇴근 후 하루 종일 나를 기다리고 있었을 강아지를 데리고 산책하던 곳이었다. 저녁 무렵이면 무언가에 쫓기듯 바쁘게 한곳을 향하여 걷는 사람들을 볼 수 있었다. 낮에 나와 본 공원은 한적했다. 주위가 모두 평화로워 보였다. 햇살은 밝고 호수는 잔잔하고 연둣빛 고운 버드나무는 눈이 부셨다. 호숫가 빈 의자에 앉아 주위를 천천히 둘러보았다. 부드러운 바람이 볼을 스쳤다.

나는 그해 직장에서 연구년 교사가 되어 있었다. 대통령 공약으로 교사들도 일 년을 수업 없이 연구에만 몰두할 수 있게 모든 지원을 해주었다. 좋은 교사로서 한 단계 더 전진할 수 있는 좋은 계기였다. 처음 생긴 연구년 교사의 한 사람으로 선발되어 그동안 열심히 묵묵히 일해온 나 자신이 좋은 평가를 받은 것 같아 마음속으로 뿌듯했다. 나는 벤

치에 앉아 한 해를 어떻게 보낼 것이며 이후에 어떤 모습으로 직장으로 돌아갈 것인가 부푼 생각을 정리하며 화사한 햇살 아래 한참이나 머물렀다. '연구도 열심히 하고 내 작업도 열심히 할 것이다. 그리고 대학에 다니는 두 아이와 아침밥도 같이 편하게 먹을 수 있을 것이다.'라고 생각하며. 연구년에 관심 있는 친구들과 주위의 교사들이 전화를 해 왔다. '어떻게 보고서를 쓰느냐, 어떤 실적이 있어야 하느냐.' 그런 전화도 좋았다. 그날 날씨는 왜 그리 눈부셨는지…. 내 생에 봄날이 다시 온 것 같았다. 나는 한참을 그 자리에 그렇게 앉아 있었다.

그 봄이 다 가기도 전에 나는 심하게 많이 아팠다. 오월에 유방암 진단을 받았다. 항암과 방사선 치료를 받고 약을 복용하며 투병했다. 격리 병동에 자주 드나들었고 병실 밖으로 나갈 수도 없었다. 창밖으로만 계절이 오가는 것을 보았다. 육체적인 고통으로 보내야 했던 몇 계절, 병실에서 가끔씩 그날의 호숫가 버드나무가 떠올랐다. 그 봄, 그렇게 희망에 부풀었지만 꼼짝할 수가 없었다. 움트는 생명, 꼼지락거리는 아가 손 같은 버드나무가 많이 생각났다. 두고 온 그곳이 잘 있는지 병실에서도 궁금했다.

돌아와 보니 나 없는 사이에도 나무들은 많이 자라있었고 여전히 맑은 빛을 띠고 있었다. 나는 호숫가 버드나무를 화폭에 담고 싶었다. 그림을 그리기 시작했다. 햇살을 간직하고 싶었고, 그날의 꿈을 기억해 두고 싶었다. 병실에서 그리워했던 햇살 아래 반짝이던 그 버드나무를 내 방에 걸어 두면 항상 봄을 맞이할 것만 같았다. 갑작스레 다가와 꿈처럼 머물다 간 그해 봄이지만, 다시 또 새로운 봄이 찾아왔고 이 아픔의 시간도 언젠가 다 지나갈 것이다.

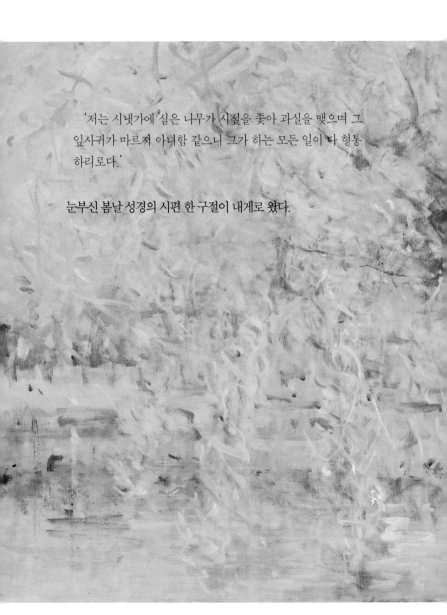

'저는 시냇가에 심은 나무가 시절을 좇아 과실을 맺으며 그
잎사귀가 마르지 아니함 같으니 그가 하는 모든 일이 다 형통
하리로다.'

눈부신 봄날 성경의 시편 한 구절이 내게로 왔다.

호숫가 버드나무

그 소녀 데려간 세월이 미워라

　　올봄 교사직을 그만두고 명예퇴직을 했다. 학교로부터 전화를 받는데 포상을 한다며 몇 가지 서류가 필요하다고 하였다. 졸업 당시에 취득한 정교사 자격증도 그중 하나였다. 잘 두었을 거라고 생각했는데 찾지 못해 다시 발급받아야 했다.

　　오랜만에 모교를 찾았다. 졸업을 한 지도 30년이 넘었다. 학교에 입학할 당시는 제물포에 학교가 자리하고 있었다. 현재는 계양산 밑의 공기 좋고 더 넓은 곳에 터를 잡았다. 나는 여기 계산동 캠퍼스에서 학사

학위를 마쳤고 1급 정교사 교육도 받았다. 학교 건물은 여러 동 더 지어져서 내가 다닐 때에 비해 규모가 많이 커져 있었다. 여러 곳에 걸려 있는 현수막에 초등교원의 전문성을 알려주는 듯한 내용의 문구가 적혀 있었다. 학교 이름도 인천교육대학에서 경인교육대학교로 바뀌었고 캠퍼스도 인천과 안양 두 곳으로 늘었다. 시설이나 규모뿐 아니라 여러모로 아담했던 지난날과는 달리 더 큰 대학으로 도약한 것 같아 흐뭇하였다.

당시 나는 안정되고 존경받는 직업을 가질 수 있는 대학을 찾고 있었다. 그래서 선택한 이 대학이 나를 지금까지 교사로 있게 해주었다. 하지만 어린 초등학생들을 가르치는 게 너무 시시하다는 생각을 한 적도 있고 때론 다람쥐 챗바퀴 같은 일상의 반복이 싫어 그만둘까 하고 생각하던 때도 있었다. 그러나 생각해 보면 이 경인교육대학교는 지금의 나를 있게 해준 고마운 곳이다.

이런저런 생각을 하며 차를 본관 주차장에 세웠다. 교무처에 찾아가니 해당 서류 발급은 대학본부에서 취급한다고 하였다. 대학본부 건물은 본관을 지나 교문 아래쪽으로 걸어가면 왼쪽 편에 있다고 직원은 친절히 안내해 주었다. 발길을 옮기다 보니 먼저 도서관 건물이 보인다. 문득 도서관에 들어가 보고 싶다는 생각이 들었지만 그만두었다. 아는 사람도 없고 공부하고 있을 학생들에게 방해가 될 것 같았다.

제물포 캠퍼스 시절에는 도서관이 본관 2층에 있었다. 나는 학교 다닐 때 제법 도서관을 드나들었다. 마땅히 갈 곳도 없고 책 읽는 것을 싫어하지도 않아서다. 도서관에 사서가 있었는데 젊은 남자였다. 우리는 그를 선생님 또는 사서 선생님이라고 불렀다. 말이 없고 무뚝뚝해 보였지만 책도 친절히 잘 빌려주고 여러모로 자상하였다. 그가 주로 있던 곳은 대출 창구였는데 늘 라디오를 틀어놓고 있었다. 항상 같은 곡만 흘러나왔는데 그 노래가 조용필의 〈단발머리〉였다. '그 언젠가 나를 위해 꽃다발을 … 그 소녀어~ 데려간 … 세월이 … 미워라 …' 그 노래는 평상시 듣던 가요와는 확연히 다르게 느껴져서 그가 참 독특한 취향의 남자라고 생각했었다. 그러나 가끔은 내가 그 단발머리 소녀가 된 듯이 설레기도 했다. 그 시절 그 사서는 지금도 학교 도서관에 있을까? 아직 있다면 어떤 모습으로 변했을까?

도서관을 지나 대학본부 건물로 향하였다. 서류는 1층에서 쉽게 발급받을 수 있었다. 직원들은 낯선 얼굴, 낯선 모습들이었다. 하긴 졸업한 지도 30여 년이 되었으니. 직원이 서류를 떼어주는 동안 낮은 탁자위에 유리 덮개 아래로 보이는 사진들을 훑어보았다. 아는 이름 석 자가 있으려나…. 아, 아직 있구나! 아발을 지도해주시던 허숙 교수님과 선배였던 문광영 교수 두 이름이 낯익었다. 아발은 아동발달과 생활지도를 줄여서 부르던 이름이다. 사진엔 세월의 흔적이 보였다. 앳된 교수님들은 어디 가고 후덕한 인상의 두 분 노신사가 있었다. 그 사이에 직원은 친절하게 서류를 떼어주었다. 졸업장과 함께 받았던 2급 정교사 자격증을 다시 받아들고 나왔다. 학창 시절이 꿈결같이 아득하였고 그리워졌다.

내가 주로 공부했던 미술교육과의 작달막한 노재우 서양화 교수님, 그리고 "교수님 서서 강의해 주세요." 하고 친구들이 놀려도 빙그레 웃으시던 더 작은 키의 이재호 동양화 교수님, 프랑스에서 막 돌아오셔서 한 학기를 가르쳐 주셨던 정문규 교수님 모두 안녕하신지. 그때 나는 교수님 방 담당 근로 장학생이어서 자주 드나들었다. 아직 나를 기억하실까? 3층 오르간 실에서 열심히 풍금 치던 시절도 있었다. 그때 교본의 1번부터 80번까지 마쳐야 했었는데 남학생들은 풍금 치느라 곤혹을 치르곤 했다. 고운 동요 한 곡을 풍금으로 쳐보고 싶다. 2층 동쪽 끝에 서양화 실기실이 있었다. 아그리파를 비롯한 여러 석고상들과 이젤들이 가득하였다. 하지만 다른 수업들을 듣기 바빠서 작업을 많이 하지는 못했다. 그래도 화구 박스 들고 수업하러 오가면 친구들이 부러워하였다.

제물포역에서 내려 학교까지 친구들과 걸어가던 그 골목도 그리웠다. 그때 바바리맨 때문에 우리는 무서워서 꼭 함께 우르르 몰려다니곤 했었다. 그런데 그게 소문인지 한 번도 바바리맨을 보지는 못했다. 집에 가기 위해 제물포역에서 전철을 타면 서울 제기동까지 가기엔 너무 다리가 아파서 출발역인 동인천역까지 거꾸로 가서 앉아 가던 일도 많았다. 또 전철 맨 앞칸에 타야 제물포역에서 내리기가 좋았다. 친구들과 전철 몇 번째 칸에 탈 것인가 정하고 만나서 함께 다니곤 했다. 모든 일들이 엊그제 같기만 하다.

> 그 언젠가 나를 위해 꽃다발을 전해주던 그 소녀
> 오늘따라 왜 이렇게 그 소녀가 보고 싶을까
> 비에 젖은 풀잎처럼 단발머리 곱게 빗은 그 소녀
> 반짝이던 눈망울이 내 마음에 되살아나네
> – 조용필의 〈단발머리〉 중에서

한 장의 서류를 떼러 갔다가 오늘을 있게 해준 모교에서 잠시 아련한 추억에 젖었다. 꿈결 같은 하루였다.

삼손의 머리카락처럼

　　핸드폰을 꺼내어 이리저리 자세를 잡고는 풍성한 곱슬머리 파마가 잘 보이도록 찰칵 셔터를 눌렀다. 내 사랑 강아지 구름이를 안고 다시 '찰칵'. '음 구름이가 있어서 그런가 괜찮네.' 만족스러운 미소를 띠어본다. 수술 후 2년 만에 처음으로 파마를 한 날이다. 얼마나 설레었던지 전날 밤에는 한밤중에 잠이 깨었다.

　　아침 일찍 잠깐 눈을 붙이고 미용실에 갔다.

"2년 만에 하는 파마예요. 몸이 안 좋아서 그동안 못했어요. 몸에 해롭지 않게 좋은 약으로 그리고 냄새 없는 약으로 해주세요."

곱슬곱슬하게 파마를 하면 다시 예전으로 돌아갈 수 있을 것만 같았고 예전의 일들을 모두 찾을 수 있을 것도 같았다. 문득문득 그리워지는 지난 일들을 풍성한 머리칼과 함께 되돌릴 수 있을 것 같다는 생각이 들었다

예약을 하고 미용실에 갔기 때문에 파마는 바로 시작되었다. 친절한 미용실 원장님의 익숙한 손놀림으로 2년간의 기다림의 시간에 비해 금방 끝이 났다. 곱슬거리는 내 모습을 거울에서 보니 감회가 새롭다. 예전 같으면 '아줌마 같아서 어떻게 해.'하면서 이리저리 주문을 했을 텐데 이번엔 아예 뽀글이 파마를 원했다.

여고 졸업 후 처음으로 파마하던 때가 생각이 났다. 뽀글거리는 파마가 너무 창피해서 건넌방 문을 닫고 방에서 못 나오던 때가 있었다. 나름대로 멋도 내고 성인으로서 인정받고 싶었는데 모습이 너무나 어색했기 때문이다. 윗집 아줌마가 구경 오셔서 "이쁘기만 하구먼…" 하고 말씀하셨지만 한동안 나는 방 안에서 나오지 못했었다. 이번에도 너무나 오랫동안 뽀글거리는 파마 머리를 원했지만 왠지 그때처럼 머리 모양이 어색하고 익숙하지 않다.

두 해 전 나는 지금처럼 이런 머리 모양을 할 수 있으리라는 것을 상상할 수 없었다. 두 번째 빨간 항암제를 투여하고 더 이상 머리 모양을 지탱하기 힘들었다. 빠진 머리를 누구에게도 보이기 싫어 가발을 사고 머리를 시원하게 밀었다. 거울을 보면서 얼마나 놀랐던가! 내가 아닌 아버지가 거기 계셨기 때문이다. 그리고 낯선 세계로의 여행은 계속되

었다. 눈썹이 빠지고 온몸의 털이란 털은 모조리 다 빠져 버렸다. 여섯 번의 항암으로 나는 전의 내가 아니었다. 주삿바늘이 꽂히고 빨간 항암 제가 내 몸으로 들어오면 나는 병상의 커튼을 가리고 훌쩍였다. 끝없이 흘러내리던 눈물. 아니야, 꿈일 거야. 눈을 떠야 되는데…. 옆의 다른 환자들이 괜찮으냐면서 나를 위로했다. 열심히 살아온 나에게 왜 이런 일이 일어나는 걸까? 동생은 머리가 작아서 모자도 잘 어울린다며 위로해주었지만 푸석한 내 얼굴과 문둥이 같은 눈썹을 보며 울었다. 빨간 항암제 부작용으로 굳어지는 혈관과 0까지 떨어지는 백혈구 수치에 격리 병동으로 입원과 퇴원을 반복하면서 내 몸과 마음은 엉망이 되어갔다.

이제 나는 내 몸과 마음에 때늦은 참회를 한다. 알아주지 못하는 주인의 시달림에 반항이라도 하듯 가슴속에서 몰래 움터서 자라고 있던 작은 혹 한 점. 혹독한 대가를 치른 후에야 나는 나를 겨우 알게 되었다. 그렇게 자주 먹던 고소하고 달달한 군것질거리들과 퇴근 후 지쳐 사 먹던 잦은 외식들, 휴식 없이 달려온 지난날의 스트레스가 내 몸을 견딜 수 없이 만들었다는 것을 알았다. 쉼 없이 달려서 무엇인가 하고자 하면 다 이룰 수 있을 거라는 믿음 대신 나는 좀 더 나 자신에 대한 겸손함을 배웠어야만 했다. 좀 더 나 자신을 놓아 주었어야 했다. 내게서 매일매일의 에너지가 나올 줄로만 착각했고 잠만 자고 나면 다시 무한정 힘이 생기는 줄 생각했었다.

얼마나 기다려야 할까?

'이 또한 지나가리라.' 이 말을 새기면서 기다린 날들이 아득했다. 마지막 항암 후 삐죽삐죽 힘차게 뻗는 내 작은 머리카락들을 보면서 생명력이란 이렇게 질긴 거구나 그때 또 알았다. 끈질긴 나 자신과의 싸움도 앞이 보이는 듯했다. 그래 나는 다시 태어나는 거야. 이제 머리도 눈썹도 다시 충만하게 검은 털로 채워졌다. 다시 예전의 모습을 되찾았다. 한쪽 가슴에 남은 지워지지 않을 커다란 칼자국의 상처를 보며 건강의 소중함을 잊지 않고, 열심히 내 몸을 사랑하리라 다짐해본다. 나는 다시 나온 머리카락과 함께 새롭게 삼손으로 태어났다.

"엄마! 애들같이 귀엽네."

큰딸은 귀엽다며 좋아하는 눈치다.

"엄마 파마했어? 그런데 좀 그렇다."

작은딸은 명확한 자기표현을 안 하고 웃는다.

"시골서 올라온 춘자씨 같은데…."

남편은 머리 모양이 맘에 안 드는 듯이 말했지만 나의 이런 모습을 얼마나 기다렸을까?

어쨌든 좋다. 새로운 자신감으로 세상에 나왔으므로. 이제 서서히 삼손처럼 머리카락의 힘을 발휘하게 되리라 기대해 본다.

명예퇴직하고 얼마 안 되어 학교에서 연락이 왔다. 발령장을 받아가라는 것이다. 퇴직하는데 웬 발령장인지 의아해하면서 차일피일 미루다가 학교를 방문했다. 노란 서류봉투에 발령장이라고 써 있었다. 그리고 무언가 묵직한 선물 같은 것이 포장되어 종이백에 함께 들어 있었다. 궁금해하면서 봉투를 열어보았다. 교직을 면한다는 면직 발령장이었다. 대통령 표창과 용 두 마리가 그려진 시계가 함께 들어 있었다. 암 투병 당시 휴직을 하고 그 기간에 명퇴를 하였으므로 나는 포상에 대한 아무런 기대도 하지 않았다. 왜냐하면 휴직 중 퇴임하게 되면 훈장이 없다고 알고 있었기 때문이다. 그런데 기대하지 않은 대통령 표창이 들어 있었다.

임용되어 첫 발령장을 받고 가슴이 설레었지만 퇴직하면서 면직 발령장을 받고 보니 무언가 끈이 툭 끊어진 듯한 느낌이 왔다. 면직이란 공무원의 신분을 소멸시키는 행정 절차의 일종이다. 그 무엇인가 말로 표현할 수 없는 묵직한 기분이 나를 눌렀다. 아득한 꿈속인 것 같기도 하고 다른 사람의 이야기 같기도 하였다. 무엇을 어떻게 해야할지 한동안 갈피를 잡지 못했다.

그동안 내가 걸어온 시간을 기억해 보았다. 나는 스무 살 조금 넘어 교사가 되었다. 교대를 졸업하고 얼마나 많은 꿈을 꾸면서 발령장을 기

다렸는지 모른다. 아직도 그때의 설렘을 기억한다. 그 후로 새로운 부임지에서 매번 발령장을 받을 때마다 설레고 떨렸다. 새로운 곳에서의 적응과 아이들에 대한 기대감 때문이었다. 매년 봄이면 아이들을 맞을 준비로 기대에 부풀었고, 소풍날엔 나도 같이 설레었다. 가을이면 운동회 준비로 바빴다. 아이들, 학부모들과의 추억도 쌓였다. 아이들 중에는 내가 엄마였으면 좋겠다고 졸졸 따라다니던 아이도 있었고, 암으로 엄마를 보내고 동생과 살며 TV에 방영되었던 아이도 있었다. 내가 가르친 많은 아이들이 어디서든지 행복하게 살았으면 좋겠다. 아쉬운 것은 작은 시골 마을에서 근무해 보고 싶었고, 시골 교장선생님이 되어 보고도 싶었는데 이루지 못한 일이다. 결혼을 하고 나니 그게 쉽지 않았다. 아이 교육 때문에도 더더욱 쉽지 않았다. 그래도 30여 년 동안 아무런 사고 없이 근무했으니 참 고맙고 다행한 일이다.

지금 우리 집은 학교와 근접해 있다. 아파트 바로 밖에 초등학교가 있고 베란다에선 학교 운동장이 보인다. 아침을 먹고 차를 마시며 베란다 창을 바라보면 아이들이 가방을 메고 학교에 가는 것이 보인다. 어떤 때에는 옆 반에서 같이 근무했던 선생님이 아파트 정원을 가로질러 지나가는 것이 보이기도 한다. 간간히 쉬는 시간을 알리는 음악 소리도 들린다. 아이들이 쉬는 시간에 뛰노는 것을 보거나 학교 울타리에 장미꽃이 피는 것을 보기도 한다. 아이들이 운동회하는 모습도 볼 수 있다. 학교로부터 멀리 와버린 것 같지만 또 가까이에 있기도 하다.

며칠 전 재직 중 친구들과 점심을 같이했다. 우리 셋은 내가 마지막 학교에서 근무했을 때 만났다. 같은 또래였고 같이 어울렸다. 내가 먼저 명퇴를 했고 신 선생은 지난해에 퇴직했다. 전 선생이 올 2월에 은퇴를 하면서 우리 셋은 모두 직장을 나왔다. 두 사람 다 몰라보게 좋아진 얼굴이었다. 그녀들도 내가 건강해 보인다며 반가워했다. 그리고 서로 자유의 몸이 된 것을 축하했다. 나는 직장을 얼떨결에 그만두고 암과 투병하며 시간이 어떻게 지나가는지 모르게 삼 년을 흘려보냈다. 두 친구는 그동안 못 배운 기타도 배우고, 스포츠 댄스도 배우고, 텃밭도 가꾸고, 가끔 학교에 나가 수업도 하며 정말 바쁘게 지내고 있었다. 모두들 열심히 직장 생활을 한 것처럼 열심히 살아가고 있었다. 나도 올해는 글도 조금 쓰고, 그림 작업도 많이 하고, 여행도 다니고, 또 몇 가지 일들을 더 해보기로 했다. 또 열심히 놀고, 운동도 하고….

친구들에게 퇴직하면서 받은 면직 발령장에 대해 물어보았다. 두 친구들 모두 나와 비슷한 기분을 가지고 있었다. 청춘을 바쳐 한 직장에서 근무했는데 그 신분을 상실한다고 생각하니 마음이 내려앉았다고도 하였다. 반면 좀 편안한 기분도 들고 가벼운 자유를 느꼈다고도 했다.

면직 발령장도 우리 삶이 그려가는 일직선상의 한 부분이라고 생각한다. 이제 면직 발령장은 새로운 세상에 나가도 좋다는 의미라고 생각하기로 했다. 그리고 직장과는 다른 세계에서 잘 지내보라고, 자신을 위해 잘 살아 보라고 주는 발령장 같다는 생각을 했다. 그동안 큰 사고 없이 잘 직장 생활을 하게 되어 모두에게 감사하기로 했다. 삶은 끝도 시작도 없는 것 같다. 올해도 그리고 앞으로도 내 삶의 연장선에서 열심히 살 것이다.

흰구름

햇살이 베란다 창으로 환하게 들어오는 한가한 시간이다. 안락의자를 살짝살짝 흔들며 책을 보고 있는 내 무릎 위에서 구름이가 잠을 잔다. 녀석은 코를 골며 잠이 들었다. 어찌나 곤히 자는지 3kg 남짓한 작은 체구의 소리치고는 조금 크다. 사람이 코 고는 소리와 비슷한 소리를 내서 그런지 친근감이 느껴진다. 녀석은 지금 꿈나라를 여행

중인가 보다. 무슨 꿈을 꾸는 것일까?

나는 구름이를 키우고 있다. 강아지를 키우다 보니 사람들끼리만 대화하고 감정을 나눌 수 있다는 것은 거짓말이라는 생각이 든다. 말을 안 해도 표정, 몸짓, 모든 동작들이 대신해준다. 강아지를 통해서 생명 있는 것들과 교감하는 기쁨을 누리고 있다. 생명에 대한 경외심을 느끼게 해주는 녀석, 바로 우리 집 강아지 구름이다.

친구 집에 갔더니 귀여운 강아지를 키우고 있었다. 아이들 정서에 좋다며 여러 가지 장점을 이야기해 주었다. 귀엽고 깜찍한 강아지에 반해서 그 녀석의 친구들이 있다는 애견숍에 구경을 갔다. 그곳에서는 여러 마리의 작고 귀여운 강아지들이 꼬물거리고 있었다. 나는 그중에서 제일 눈이 크고 예쁘게 생긴 아이를 발견했다. 흰 털에 커다랗고 깊은 눈망울을 가진 녀석이었다. 녀석은 나와 눈이 마주쳤는데 마치 그곳에서 자기를 데려가 달라는 듯한 눈빛이었다. 그 강아지를 우리 집으로 데려왔다. 벌써 7년 전이다.

하얀 털이 마치 흰 구름처럼 느껴져서 흰구름이라고 이름을 지었다. 그리고 구름이의 조그만 집을 직접 지었다. 커다란 종이 박스를 구해다가 알맞게 자르고 지붕도 만들었다. 예쁘게 문을 내고 문고리도 만들고 바닥에는 포근한 천을 깔아서 쾌적하고 안락하게 꾸몄다. 편안한 집이 되었을 거라고 생각하며 흐뭇해했다. 그런데 아침이 되니 있어야 할 자리에 구름이가 없었다. 어찌 된 일인지 녀석은 강아지 집 밖에 있었다. 박스가 꽤 높은데 어떻게 나왔을까 궁금했다. 아무리 생각해도 이해가 되지 않아 저녁이 되자 불을 끄고 자는 척하면서 몰래 지켜보았다. 우리가 자는 것을 느꼈는지 자기 집안에서 구름이는 지붕 위로 점프를 해서 올라갔다. 자기 키보다 높은 지붕 위로 사뿐히 올라가서 한참을 두리번거렸다. 그리고 집 밖 아래로 뛰어내렸다. 집이 마음에 안 들었나 보다 생각하고 동화책에 나올 것 같은 하얀 울타리가 있는 멋진 집을 구입해 주었다. 그래도 구름이는 집에 들어갈 생각을 하지 않았다. 아마도 그 집은 보금자리가 아니라 답답한 공간이었나 보다. 마침내 녀석은 넓은 거실까지 제집으로 마음대로 쓰게 되었다.

가족 모두 학교로 또는 일터로 나가고 낮에 혼자 있게 된 구름이는 혼자 있는 것을 몹시 싫어했다. 제일 먼저 퇴근하는 내가 집에 와보면 현관 신발을 거실에 물어다 놓거나 휴지를 뜯어서 집안을 어지럽혀 놓았다. 출근하며 어린아이를 집에 혼자 두고 나올 때의 기분이랄까? 워킹 맘이었던 나는 지난날 아이들 키울 때의 생각이 되살아나곤 했다.

얼마 뒤에 내가 퇴직을 하게 되면서 구름이는 운 좋게도 나의 보살핌을 한 몸에 받았다. 아니 내가 구름이 덕에 혼자 있지 않게 되었다. 그 후 구름이는 나의 친구가 되어 늘 나와 함께 해 주고 있다.

같이 산책하다 보면 마주치는 사람들이 한마디씩 건넨다.

"아이구, 어쩜 눈이 그렇게 예쁘니?"

"정말 미인이구나!"

어느 날 밤이었다. 무언가 기척이 느껴져서 눈을 떠 보니 구름이가 내 방에 들어와 있었다. 나는 깜짝 놀라 녀석을 내보냈다. 들어오지 않던 안방까지 왜 왔을까 생각했지만 곧 다시 잠이 들었다. 다음 날 아침 나는 그 이유를 알았다. 밤새 천둥 번개가 치는 것도 모르고 나는 잠을 잤던 것이다. 아마도 구름이가 무서워서 안방으로 뛰어들어 온 것이라고 생각했다. 구름이를 쓰다듬으며 밤새 얼마나 무서웠느냐고, 잘 견디었다고 칭찬해 주었다. 녀석은 내 말을 알아들었는지 꼬리를 치며 나에게 몸을 비비대었다.

　내 아픔의 시간 동안 함께 해준 구름아, 네가 있어 행복하단다.

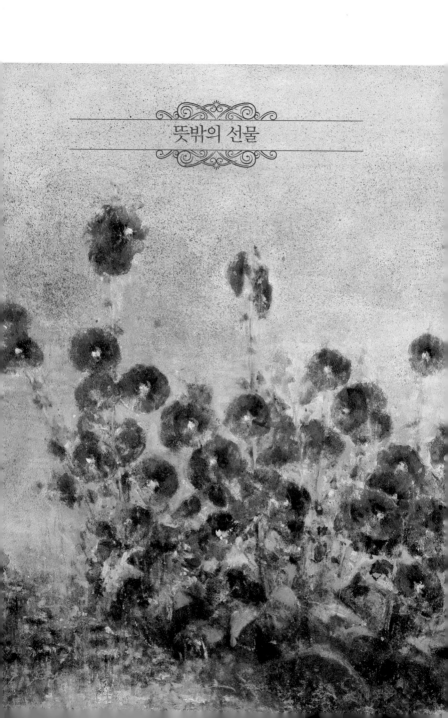

뜻밖의 선물

　　　영미는 말수가 적었다. 초등학교 시절 배꽃 같
은 뽀얀 피부에 원피스가 잘 어울리는 소녀였다. 읍내 사
는 친구들은 그 시절에도 하얀 피부에 예쁜 옷을 공주처
럼 차려입고 학교에 왔는데 그녀도 그중 한 명이었다. 변
두리 농촌에 사는 친구들의 검게 그을린 얼굴과 변변찮은
옷차림과는 대조되었다. 영미와 나는 3학년 때 같은 반이
었다. 당시 반에서 임원 중 여자는 우리 둘뿐이었는데 담
임선생님은 우리들을 남겨서 과자도 사주시고 심부름도
시키셨다. 그래서 그녀를 좀 더 알게 되었다. 영미는 얼굴
이 예쁜데다가 성품도 착했기 때문에 내가 은근히 좋아했
던 친구였다. 그 당시 가정 형편이 좀 나은 친구들은 6학
년이 되면서 서울로 하나둘씩 공부하러 떠나던 때였다. 영
미도 역시 시골 중학교에 입학하지 않고 서울로 전학을
갔다. 그 뒤로 나는 그 친구를 잊고 있었다.

　　　오후 예배가 끝난 후였다. 남편과 나는 출입구에서 교
회 식구들에게 떡을 나누어주고 있었다. 큰아이가 회계사
자격증을 획득하고 입사를 해서 한턱을 내는 중이었다. 오
랜만에 참석하는 오후 예배엔 낯익은 반가운 얼굴이 있기
도 하고 새로운 얼굴들도 많이 띄었다. 서로 인사를 나누
는 중에 누군가가 나에게 다가왔다.

　　　"저… 나 알려나?"

"누구시더라?"

내 또래의 예쁘장한 여인이 살짝 낯설어하는 듯 다가왔다.

"나 김영미라고…."

"김영미? 어디 사는…."

"당진초등학교…."

"아, 3학년 때 같은 반? 그럼 알지. 영미 맞네."

이렇게 해서 영미를 다시 만났다.

40년이 넘어 만난 친구는 내가 병을 회복하는 동안 큰 힘이 되어 주었다. 직장 생활을 오래 하다 보니 바쁘게 일하는 친구들이 대부분이었는데 시간 여유가 있는 그녀와 같이 영화도 보고 산에도 가고 공원에도 다니게 되었다. 어릴 적 같은 지역에서 자라고 같이 공부했던 추억을 공유하고 있어서인지 아주 오랫동안 떨어져 있었다는 생각이 들지 않았다. 이야깃거리가 많아서 즐겁다. 그동안 살아온 이야기도 나누면서 누구는 어떻게 지내고 누구는 어떻게 되고 누구는 성공해서 잘살고 있다고 서로 이야기하다 보면 시간 가는 줄 모른다.

영미는 결혼해서 역곡에서 살고 있었다. 내가 사는 곳과 가까운 곳이다. 영미는 내가 다니는 교회 가까운 곳으로 남편의 사무실이 옮겨오면서 새 교회를 찾다가 우리 교회에 등록을 하게 된 것이라고 한다. 영미는 낮 예배는 물론 새벽 예배, 저녁 예배까지 아주 열심히 다니고 있었다. 주일날도 나는 2부 예배에, 친구는 3부 대예배에 나가니 몇 달이 지나도 서로 같은 교회에 다니는 줄 모르고 있었던 것이다.

올봄에 나는 성경공부를 시작했다. 목사님들의 강의를 듣고 싶었는데 낮 시간이라 못 다니고 있었다. 이번에 시간이 나면서 등록을 하였다. 물론 영미와 같은 반이 되고 짝이 되었다. 아침밥을 먹고 교회로 가면 벌써 간식과 따끈한 차를 놓고 내 짝 영미가 기다린다. 학교 다닐 때 책상처럼 두 명이 나란히 앉아서 강의를 들으면 어릴 적 공부하던 시절 생각난다.

요즈음 영미는 집을 리모델링하느라고 바쁘다. 결혼 때 시부모님이 사주신 오래된 주택을 새로 리모델링 한단다. 남편과 함께 도배도 하고 물탱크도 바꾸고 일일이 꼼꼼히 체크하면서 고치나 보다. 영미처럼 예쁘게 단장했을 것이 틀림없다. 게다가 미대를 나왔으니 집안을 꾸민 색이나 디자인 등이 정말 궁금해진다.

"당신에게 하나님이 선물을 보내주셨네. 교회 열심히 다니라고, 또 집에서 쉬니까 새로운 친구를 보내주신 거야."

내가 영미를 만나 매주 교회에 가서 성경공부를 하고 열심히 다니니 남편은 내가 영미와 함께 다니는 것을 무척 좋아한다.

영미는 나에게 다가온 뜻밖의 선물이다.

백두산과 천지

하늘은 맑고 투명하다. 아마도 천지를 볼 수 있을 것 같다.

"장로님들 어제 밤새 기도하셨나요? 오늘따라 날씨가 이렇게 맑고 좋네요."

아산에서 왔다는 장로 부부팀들과 우리 문학 모임이 며칠째 같은 팀이 되어 여행하고 있었다. 일행은 발해 유적지들을 답사하고, 용정과 윤동주 생가를 들러 이곳 최종 목적지 백두산을 오늘 탐방하기로 했다. 세계적 명산을 찾아간다기보다는 조상의 뿌리를 보러 간다는 느낌에 감회가 새로웠다. 비록 중국 쪽을 통해 가는 길이었지만 우리 민족의 성산인 이곳 백두산을 본다는 생각에 가슴이 벅찼다.

백두산 입구부터 자작나무의 원시림이 끝없이 펼쳐져 있었다. 굽이 굽이 가도 가도 끝이 없다. 깊숙이 숨겨진 천지와 높이 솟은 백두산을 향해 간다. 그렇게 한참을 달려와 환승 주차장에 내렸다. 작은 셔틀버스를 갈아타고 구불구불 아찔하게 난 좁은 길을 따라 천지 입구까지 올라가야 했다. 많은 미니 봉고차들이 성냥갑처럼 정상을 향해 이어졌다. 내가 탄 차의 번호가 179번인 걸 보고 정말 많은 셔틀버스가 사람들을 실어 나르고 있음을 알 수 있었다. 놀이공원에서 롤러코스터 타듯 아찔한 협곡을 올라가느라 차가 한쪽으로 쏠릴 때마다 차내의 사람들이 소리를 질렀다. 그 와중에도 풍경을 보니 깊고 울창한 원시림이 발

아래 펼쳐져 있었다. 고산지대의 야생화가 여기저기서 인사를 하는 듯 하늘거렸다.

드디어 산 정상 휴게소에 도착했다. 여기도 천지, 저기도 천지, 사람 천지다. 사람들이 개미의 행렬처럼 길게 천지를 향해 줄지어 조금씩 나 아가고 있었다. 사방을 둘러보았다. 구름 아래 날카로운 산봉우리들이 수없이 펼쳐져 있다. 저 멀리 내려다보이는 드넓은 평원은 고구려인과 발해인들이 살았던 땅일 것이다. 대조영이 말을 달리며 누볐을 땅이다. 일제 시대에는 나라를 찾기 위해 독립군이 저곳 어디에서 목숨을 걸고 전투를 벌였을 것이다.

그런 생각을 하면서 조금씩 조금씩 백두산 꼭대기를 향해 걸어간다. 앞사람을 따라 줄지어 수많은 계단을 올라가기 시작했다. 앞서가는 사 람들을 따라가다 보니 드디어 정상에 도착했다. 백두산 천지가 눈앞에 나타났다. 사진 속에서 보던 그 풍경 그대로였다. 맑고 또렷하게 백두 산 천지가 거기 있었다. 깊고 푸른 천지가 어머니의 자궁처럼 조용하게 자리 잡고 있었다. 어느 누가 보아도 경건해질 만큼 푸른 기운이 서려 있었다. 천지의 기운이 내게도 오는지 새로운 힘이 솟았다.

백두산은 한반도에서 가장 기후 변화가 심하고 하루에도 여러 차례 변화무쌍한 날씨를 보인다고 한다. 산 위에는 사시사철 흰 눈이 쌓여 있어 백두라는 이름을 가졌다고 한다. 일 년 중 7~8월에만 사흘에 한 번꼴로 맑은 천지를 볼 수 있어서 백두산 정상까지 올라도 천지를 못 본 사람이 천지라고 한다. 백 번 올라와 두 번 정도 볼 수 있는 게 천지 라는 우스갯소리도 있는 걸 보면 단번에 천지를 본 나는 운이 좋았다.

남과 북이 화해의 무드가 있을 무렵 금강산을 갈 기회가 있었다. 그때 우리 민족의 명산인 금강산을 본 떨림은 아직도 내 가슴에 남아있다. 가을이 막 시작되기 전의 금강산은 아름답고 고왔다. 들어가는 입구의 붉은 소나무부터 품격이 달랐다. 봉우리 하나하나가 볼수록 아름다웠다. 사람들이 왜 그렇게 금강산을 노래하는지 그때 알았다. 그에 비하면 백두산은 아름답다기보다 왠지 신령스러웠다. 장엄하고 범접하기 힘든 아우라가 있었다. 금강산이 비단옷을 입은 아름다운 여인과 같다면 백두산은 잘생기고 기품있는 남자, 갑옷 입고 칼을 찬 근엄한 장수와 같다는 생각이 들었다.

오랜 시간 우리 민족과 함께한 천지는 기나긴 세월의 시간을 기억하고 있을 것만 같았다. 우리 민족이 겪어온 수많은 고통과 아픔을 다 알고 있다는 듯이 거기 깊고 맑은 물빛으로 조용히 자리하고 있었다. 그리고 나의 아픔과 힘듦도 천지는 넓은 가슴으로 보듬어 주었다.

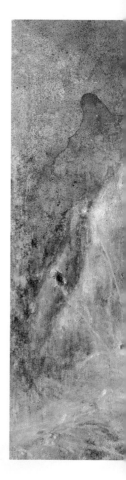

4부

모두 백점입니다

벌써 3년 반

가벼운 마음으로 집을 나섰다. 정기적으로 받는 유방암 검진을 지난주에 받고 오늘은 그 결과를 보러 가는 날이다. 수술 후 6개월에 한 번씩 정기검진을 받는다. 벌써 3년 반이 지나고 있다.

"얼굴이 좋아졌어요"

"병색은 전혀 찾을 수 없어요."

"화색이 도는 것 같아요."

듣고 싶은 말들을 요즈음 부쩍 들어서인지 좋은 결과가 있을 것 같았다. 하지만 시험을 잘 치고도 결과를 들으려면 떨리고 왠지 불안했던 것처럼 병원 대기실 앞에서는 늘 떨린다. 이번에도 숙제를 잘했는데….

오늘따라 환자들도 많이 안 보이고 금세 내 이름이 불렸다. 병실 안에서 젊은 의사선생님이 컴퓨터를 보면서 기록지에 뭔가 적고 있다. 내 이름을 찾더니 여기저기 클릭을 한다. 뒤에서 간호사가 대기하고 있다. 내 검진 결과들을 찾아 분석하고 결과를 미리 보는 모양이다. 떨린다. 얼마 지나지 않아 담당 선생님이 옆방에서 건너오셨다.

"안녕하세요?"

"잘 지내셨어요?"

주치의 선생님이 반갑게 맞아주시면서 컴퓨터의 내 검사 결과를 보신다.

"음, 어디 봅시다. 소변 검사 잘 나오고, 피 검사 결과도 좋고, 초음파 검사도 잘 나오고, X-레이 검사 결과 좋고, 빈혈 없고…. 모두 좋습니다. 숙제를 잘했네요."

"선생님, 정말 빈혈도 없어요?"

중학교 때였다. 어느 날 학교에 헌혈차가 왔다. 아마도 단체로 학교에서 헌혈을 한 것 같다. 씩씩하게 들어간 헌혈차 안에서 피 검사 결과 빈혈이 심해서 헌혈을 할 수 없다는 이야기를 들었다. 그 후로도 쭈욱 빈혈이 있었고 심했다. 그런데 이번에 빈혈이 없다는 선생님 말씀에 귀를 의심했다. 결과가 너무 우수하게 나왔다. 심지어 젊은 의사선생님은 "저보다 피 검사 결과가 더 좋은데요."라고 말해주었다.

문밖에 기다리고 있던 남편이 물었다.

"안에서 웃음소리가 들리던데 결과가 좋은 거지?"

"당연하지. 얼마나 열심히 노력했는데. 기념으로 병원에서 한 컷 찍읍시다."

결과지를 들고 환하게 웃는 모습을 휴대폰으로 찰칵 찍었다.

그 많던 검사도 이번엔 몇 가지 줄었다. 그만큼 완치로 가는 이 터널을 잘 통과하고 있다는 이야기일 것이다. 하지만 일 년에 한 번은 전과 같이 정밀 검사를 한다. 바로 6개월 뒤이다. 검사 일정 안내를 천천히 읽어보았다. 피 검사, 소변 검사, x-ray, 골밀도 검사(BMD), 유방 촬영,

갑상선 초음파, 핵의학 검사, 컴퓨터 단층촬영(CT), 자가공명영상(MRI), 어휴 많기도 하다.

　이젠 웃을 수 있을 것 같다. 그래도 항상 조심할 것. 마음 놓지 말 것, 늘 긴장할 것. 건강을 향한 고지가 바로 보이는 것 같다.

　'참 고생이 많다. 끝까지 파이팅~~'

벌써 몇 번의 검진을 받았음에도 여전히 병원에 가기 며칠 전부터 가슴이 두근거렸다. 6개월 동안의 내 성적표를 받으러 가는 날이다. 과연 이번 내 점수는 얼마나 될까? 마치 시험 보던 학생 때의 기분같았다. 유방암 수술 후 2년 6개월이 되어간다. 수술 후 6개월에 한 번씩 정기 검진을 한다. 5년간 재발이나 전이가 없어야 완치 판정을 받을 수 있다. 처음에는 검사가 아주 많았다. 병원에 들어가자마자 채혈하고, 소변 검사하고, 유방 촬영을 했다. 그다음 유방 갑상선 초음파 검사, 컴퓨터 단층촬영(CT), 자기공명영상(MRI), 핵의학검사(PET-CT), 골밀도 검사, 일반촬영, 용어들도 어려운 검사가 너무 많아서 이틀에 걸쳐 검사를 해야 했다. 금식하고, 조영제도 먹어야 하고, 과정이 너무나 힘들었지만 항암에 비하면 아무것도 아니다. 그렇게 많은 검사는 일 년에 한 번씩 받고, 그 사이 육 개월에 한 번은 조금 간단하게 검사를 한다. 암이란 것이 정말 호락호락한 녀석은 아닌 것 같다.

아침 일찍 새로 산 하얀 그랜저를 몰고 병원으로 향했다. 생각과는 달리 월요일임에도 경인고속도로는 밀리지 않았다. 이십여 분 만에 이대 목동 병원에 도착하였다. 카운터에 진료 카드를 내밀고 한참을 초조하게 기다렸다. 시험이 끝나고 나서 결과를 기다릴 때 시험을 잘 본 것 같기도 하고 못 본 것 같기도 한 바로 그 심정이었다.

"유기순 님 안으로 들어오세요."

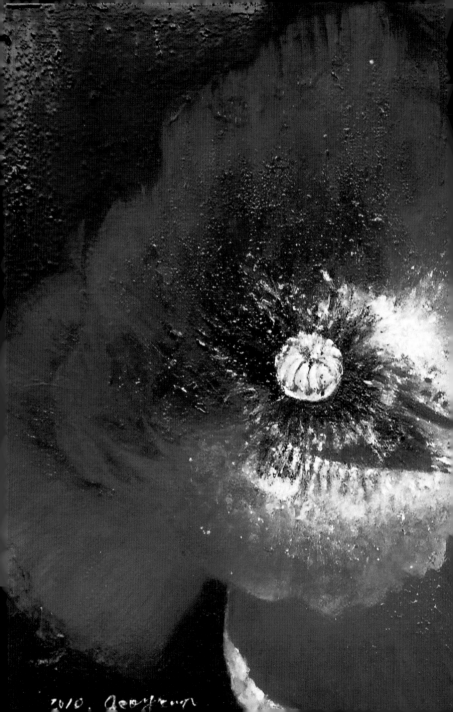

나는 조심스레 문을 열고 진료실 안으로 들어갔다. 젊은 여의사선생님이 앉아서 미리 컴퓨터를 보면서 이야기를 해준다.

"괜찮게 나온 거 같은데…. 당을 조심하셔야겠네요."

"정말요? 수치가 얼마나 되는데요?"

나에게 지금 앓고 있는 병명만큼이나 생소한 '당'이라는 단어에 적잖이 놀랐다.

"107이네요. 많이 걱정할 건 아니고요. 조금 조심하세요. 과일 대신 채소 섭취 많이 하시고요."

친절하게 선생님이 말했다.

"네에. 조심해야겠네요."

조금 있으니 옆방에서 선생님이 건너오셨다. 내 주치의 '백남선 선생님'이다. 환자가 많고 몰리는 선생님이라서 그런지 방을 두 개로 나누어서 조그만 벽을 트고 왔다 갔다 하면서 진료를 하신다.

"안녕하세요? 선생님."

"잘 지내셨어요? 어디 보자. 음, 갑상선 초음파 검사 100점."

여의사선생님이 또 컴퓨터의 다음 페이지를 넘긴다.

"유방 초음파도 100점."

"가슴 촬영 100점, 혈액 소변 검사 100점."

"모두 100점입니다. 앞으로 오십 년 그렇게 지내세요."

항상 웃는 얼굴로 환자를 대하시는 선생님의 긍정적인 답변에 100점이라는 최고점을 받으니 우등생이 다시 되어 점수 발표를 받은 날 같았다.

"선생님 그때까지 쭈욱 뵈어요."

"하하하, 그럼 나도 50년은 더 살아야겠네."

"그럼요, 선생님. 감사합니다."

그래도 당 얘기가 꺼림칙하여 며칠 후 저녁부터 8시간 금식하고 아침 일찍 가까운 내과를 찾았다. 검사는 간단하였다. 청진기로 가슴을 진찰하더니 새끼손가락에서 피를 조금 내었다.

"87입니다. 정상이네요."

"감사합니다. 선생님. 정상수치는 얼마인가요?"

"100 이하면 정상입니다."

그렇게 해서 나는 모두 백 점, 요즘 흔히 말하는 올백을 맞았다. 학생 시절에 힘들게 공부하고 좋은 성적 받았을 때 기쁨만큼이나 좋았다. 앞으로도 완치 판정을 받을 때까지 아니 그 후로도 계속 내 몸을 관리하고 사랑할 것이다. 생각해보니 검사 며칠 전에 귤을 박스째로 갖다 놓고 엄청나게 먹었던 기억이 난다. 좋은 과일도 과하게 먹으면 오히려 해가 된다는 사실을 실감하였다. 좋은 시작과 함께 올 한 해도 잘 관리하며 기분 좋게 채워나가야겠다.

오늘은 3년째 검진을 받는 날이다. 유방암 진단 후 6번의 항암 치료와 수술 후 18회의 허셉틴, 30회의 방사선 치료를 받았다. 그리고 6개월에 한 번씩 유방암 검사를 받고 방사선과에서도 따로 검진을 받는다.

아침을 든든히 먹고 자동차를 타고 30여 분 걸려 이대 목동병원에 도착했다. 친절한 주차원에게 키를 맡기고 지하 1층에 있는 방사선과에 들어섰다. 모자를 쓴 여성이 환자복을 입고 앉아 있었다. 아저씨들도 몇몇 눈에 띈다. 여전히 환자들은 새로 생겨나는 것 같았다.

2주 전에 유방암 검진에서 모두 통과하였기 때문에 큰 걱정은 없었다. 키와 몸무게를 재고 한참을 기다렸다.

"유기순 님 안으로 들어오세요." 하는 안내가 들려왔다.

방사선과 서현숙 선생님은 늘 친절하지만 많이 기다리게 한다. 어디선가 일을 보시다가 환자가 모이면 한꺼번에 부르는 것같이 갑자기 나타난다. 그렇지만 그녀의 친절함과 상냥함 때문에 기분이 곧 풀린다.

"벌써 3년이 되어가네요. 몸은 괜찮으시죠?"

차트를 보며 이야기하셨다.

"결과가 좋게 나왔네요. 이번에 사진 찍고 검사해 봅시다. 결과를 봐서 4년쯤 되는 내년에 방사선과 졸업시켜 드릴게요."

"네, 감사합니다."

커튼이 둘려진 침대에서 카메라로 간호사가 가슴 사진을 찍었다.

선생님이 들어오시더니 이리저리 살펴보신다.

"색이 정상으로 돌아왔네요. 잘 관리하셨어요."

"몸무게도 잘 관리하시네요. 잘 하십니다."

"음. 조기 졸업 시켜드려도 되겠네요. 이젠 방사선과는 졸업입니다. 원래 내년쯤 졸업시켜 드릴까 했는데 이번에 졸업시켜도 되겠어요. 축하합니다."

생각지도 않은 기쁜 소식이었다.

"선생님 감사합니다. 그동안 정말 감사했습니다."

"아닙니다. 그동안 수고하셨어요. 잘 관리하고 계시니까 앞으로 별 걱정 안 하셔도 될 것 같습니다."

병원 문턱을 나오면서 싱글벙글 웃음이 가시지 않았다.

정말 한 치 앞도 알 수 없는 게 우리의 삶인 것 같다. 얼마 전까지는 능력 있는 교사로 인정받았고, 또 얼마 전까지는 격리병동의 1인실을 들락거리는 중환자로 병원 신세를 지고 있었다. 그리고 이젠 조금씩 환한 터널 입구가 보이는 듯하다. 몸과 마음에 커다란 상처를 입었지만 다시 조심조심 살아나는 자신이 대견스럽다.

유방암 진단 후 5년이 지나 완치 판정을 받기 위해서 이틀에 걸쳐 많은 검사를 했다. 피 검사, 소변 검사, 초음파 검사, 유방 촬영, 유방 초음파, 갑상선 초음파, 자기공명영상(MRI), 핵의학 검사, 컴퓨터 단층촬영(CT), 온몸의 세포를 샅샅이 살피는 듯했다. 결과가 나오는 날 주치의 선생님을 만났다. 선생님은 전과 같이 차트를 보면서 하나하나 점검하셨다. 검사가 잘 나왔다며 모두 100점을 주셨다. 나는 고개를 깊이 숙이며 진심으로 감사 인사를 드렸다. 나도 선생님도 당연히 좋은 결과가 나올 거라고 생각했고 간호사도 내가 잘 이겨낼 줄 알았다면서 이번 결과를 당연하게 생각하고 있었다. 그만큼 병원에서 모범 환자로 알려졌다는 말이라 생각하니 기분이 나쁘지 않았다.

암 환자들에게 생존율이 5년이라는 것은 사실상 암이 완치되었다는 의미다. 바로 5년 전에 나는 병원에서 암이라고 판정받은 후 바로 중증 환자로 등록되어 항시 치료를 요하는 위중한 환자가 되었다. 10961○○○이라는 번호를 가진 환자인 나는 이제 그 꼬리표를 떼었다.

유방암 진단을 받은 지 5년이 되었다니 어떻게 여기까지 왔는지 모르겠다. 남들은 이 시간이 어떨지 모르지만 나는 참 빠르게 지나갔다는 생각이 든다. 진단을 받고 정신이 혼미하던 그날 바로 중증환자로 등록되었다. 제일 독한 빨간 항암 주사약을 6번 맞으며 견뎠다. 주사를 맞고 나면 바로 소변까지 빨개졌고 입안으로 몸속 깊은 곳으로부터 나오는 약 냄새가 강하게 올라왔다. 물을 여러 병 먹고 나서야 소변은 제 색깔을 찾았고, 그다음부터는 백혈구가 바닥까지 내려가서 며칠 후에는 격리병실에 있어야 했다. 그 후 방사선 치료를 30번이나 했다. 약한 항암을 20번, 그리고 5년간 약을 복용했다. 참 많이도 했다. 그러고도 10년이 지나야 완치된 것이나 마찬가지라니 참 독한 것이 유방암이란 생각을 했다. 돌아보면 그동안 꿈꾼 것 같다. 인생은 그렇게 얼떨결에 꿈처럼 흘러가는지도 모르겠다.

갑자기 찾아온 유방암 진단으로 모든 것이 바뀌었다. 사람들과 철저히 차단되었던 그 시간엔 마치 감옥에 갇힌 것 같았다. 어쩌면 지옥과 천국을 오가는 일 같을지도 모른다고 생각했다. 이쪽 어두움과 저쪽 밝음이 교차하는 곳에서 나는 어둠 속에 있었다. 격리병실에 있을 때에는 저 세상으로 다시 당당하게 걸어 나갈 수 있을까를 생각하면 두려웠다. 밝은 햇살을 쬐고 싶었고 평범한 일상을 그리워했다. 새벽 일찍 일어나서 밥하고, 애들 챙기고, 일찍 학교로 출근하던 바쁜 일상들이 얼마나 소중한 것이었는지 깨달았다. 아픔의 시간 동안 많은 사람들이 내 슬픔을 같이 할 거라고 믿었지만 생각과 꼭 같지는 않았다. 오지 않을 거라고 생각했던 사람들이 아픔을 같이 해 주었다. 꼭 와줄 거라고 믿었던 사람들이 내 아픔을 지나쳤다. 그 후 나는 마음을 비웠다. 저마다 사정이 있을 것이고 나에게도 무언가 문제가 있을 거라고 생각한다.

아직도 내 팔은 항암 당시의 힘들었던 일들을 알려주듯이 힘줄이 굳어있다. 주삿바늘이 꽂히던 자리에서는 딱딱한 것이 만져지고 살갗은 거무스름하다. 항암 당시에 타들어간 힘줄 복원이 더디어서 자국이 남

은 것이다. 지금도 피 검사를 하려면 힘줄이 용케 먼저 알고 숨는다. 여
기저기 주삿바늘 꽂을 곳을 찾느라 간호선생님은 애를 먹었다.

　놓치고 싶지 않던 많은 것을 내려놓았다. 이제 조금만 욕심내기로 했
다. 이미 놓쳐버린 것이 많지만 또다시 찾은 보물 같은 순간들 역시 많
다는 것을 알았다. 이젠 바쁘게 살지 않기로 했다. 천천히 일어나 느리
게 행동한다. 햇살이 거실 깊숙이 들어오는 시간까지 신문을 보기도 하
고 창밖의 풍경을 보며 차를 마시기도 한다. 그리고 산문을 쓰듯 그림
을 그린다. 그림을 보는 누군가도 마음이 따뜻해질 수 있기를 바라면서
천천히 작품을 완성한다.

　아픔의 시간이여, 이젠 안녕!

밀려오는 푸른 풀냄새

새로운 세상 속으로

공원 입구에 들어서자마자 푸른 풀냄새가 밀려왔다. 산 쪽으로 난 길을 천천히 걸어본다. 지난주에는 아카시아꽃과 찔레꽃 향기로 가득했었는데 오늘은 싱그럽지만 익숙치 않은 짙은 향이 산 아래까지 가득하다. 주변을 둘러보니 희끗희끗한 밤꽃이 온 산을 점령하고 있었다. 시시각각 변하는 자연의 모습, 모두들 어디에서 오는 걸까? 조용히 자리를 지키다가 제 계절, 제 시기만 되면 나타나서 마음껏 자태를 뽐내는 자연의 경이로움에 감탄했다. 숲속은 비밀의 화원 같다.

아찔하게 짙은 밤꽃 향기를 맡으며 산으로 올라간다. 바닥에 낯익은 무언가가 떨어져 있다. 감꽃이었다. 어릴 적 감꽃을 목걸이로 만들어 목에 걸고 다니다 심심하면 몇 개 따 먹곤 하였다. 뽀오얀 감꽃은 두께가 적당하고 모양도 예뻐서 장식용으로 제법이었다.

몇 해 전까지만 해도 평일에 이런 호사를 누려본다는 것은 생각지도 못했다. 학교를 졸업한 후 나는 줄곧 직장 생활을 해왔다. 대낮에 사람들이 거리에 다니는지, 산에는 누가 있는지 생각할 겨를이 없었다. 그 동안 그저 열심히 달려왔다. 우리나라 내 나이 또래의 사람들과 같이 남들 보기에 괜찮은 직장과 적당한 평수의 아파트와 좋은 대학에 보내기 위한 자녀 교육에 온 힘을 쏟았다. 가끔 가슴이 답답할 때 어릴 적 살던 시골이 조금 그리웠을 뿐이다. 산이나 들로 나갈 생각은 해보지 못하였다.

두 해 전이었다. 그때만 해도 초등학교 교사였던 나는 직장이나 주위에서 실력을 인정받았고 그해엔 대통령 공약이었던 교육과학기술부의 'NTTP New Teacher Training Program 교원 연구년'에 선발되어 주위에 부러움을 사고 있었다. 수업 없이 일 년을 연구에만 집중할 수 있었다. 연수 과정을 통해 창의지성 교육과 배움 중심 수업 등 경기혁신교육을 실천하는 견인차 역할을 맡게 될 것이라서 나 자신도 기대가 컸다.

그즈음 이상하게 가슴에 멍울이 만져졌지만 대수롭지 않게 생각했다. 매년 건강 검진을 해 왔고 술과 담배는 냄새도 싫어했으며 집안에 큰 병을 앓았던 사람도 없었기 때문이다.

연구년 역량 강화 연수가 끝나고 조금 여유가 있던 4월 혹시나 해서 병원을 찾았다. 엑스레이를 찍고 가슴 사진도 찍었다. 2주가 지나고 결과가 나오는 날도 나는 서울에서 연수 중이었다. 그때 병원에서 전화가 걸려왔다. 언제 오느냐는 것이었다. 나는 느긋하게 병원으로 갔다. 마침 젊은 여의사가 퇴근하려고 준비하며 나를 기다리고 있었다.

암이란다. 아니 이게 무슨 소리야? 다른 사람으로 착각했거나 아니면 오진이겠지. 마음을 가다듬고 그날 밤 인터넷을 뒤지며 유방암에 관해 검색했다. 그리고 이대 목동병원 백남선 선생님을 찾았다. 그날부터 바로 여러 가지 검사가 시작되었고 일주일 뒤부터 항암에 들어갔다. 그 후 나의 투병 생활은 수술과 방사선 치료, 표적 치료 등 가볍지 않은 날들의 연속이었다.

그리고 2년이 흘렀다. 여전히 음식을 가려 먹고 운동을 열심히 하고 정기 검진을 받으며 상태를 보고 있다. 이렇게 5년을 잘 지내야 완치 판정을 받을 수 있다고 한다.

좀 더 건강에 집중하기 위해서 나는 올해 명예퇴직을 했다. 식구들은 가정주부가 된 것을 반기고 있다. 집에 돌아오면 반기는 사람이 있고 따뜻한 식탁에 모여 앉아 건강식을 먹으니 더 좋아한다. 요즈음 전업주부의 일을 열심히 배우고 있다. 집에서 밥하고 빨래하고 청소하고 옆집 아랫집 언니들과 영화도 보고 수다도 떤다. 형제들과 만나서 놀러도 가고 그동안 해보지 않은 경험들을 하면서 바쁘게 지낸다.

그래도 가끔은 지난 시간들이 그리워진다. 길 건너 학교에서 수업 종소리가 들리면 내가 저기 있었던가 아득하기만 하다. 다시는 돌아갈 수 없는 길을 나선 낯선 나그네 같은 생각이 들기도 한다.

아무튼 나는 새로운 세상으로 나왔다. 언제나 씩씩하게 살아갈 것이다. 때가 되면 멋진 모습으로 자신을 드러내는 자연처럼 나도 변화에 잘 적응하고 기다릴 줄 아는 여유를 가지고 싶다.

다시 하늘을 날다

비행기가 공항 활주로를 벗어나 하늘을 난다. 비행기의 작은 창으로 아래를 내려다본다. 하늘의 태양은 빛나고 구름은 목화솜을 조금씩 뜯어서 뿌려 놓은 듯 떠다녔다. 멀리 아래로 작은 집들이 멀어져 갔다. 발아래 모든 세계가 경이롭기까지 했다.

'주 하나님 지으신 모든 세계 내 마음속에 그리어 볼 때…'

교직 생활 중 갑자기 찾아온 병마와의 싸움, 그리고 명예퇴직까지 이 모든 일들이 머릿속을 스쳐 갔다. 이번에 내가 비행기를 타고 여행을 가리라고는 나 자신도 생각지 못했다.

지난날 선교여행을 떠났던 일들이 생각났다. 눈 쌓인 추운 겨울날 모스크바의 자작나무 가로수 길을 달리던 일, 인도의 뭄바이 사람들과 시장, 괌의 햇빛 찬란하던 그날들, 파타야의 에메랄드빛 바다… 여행지의 추억들이 꿈처럼 떠올랐다. 그리고 아주 많은 시간이 흘렀다.

"집사님, 같이 가니까 너무 좋다."

옆자리에 앉은 전도사님이 말을 건네 온다. 오래전에 같이 갔던 선교 여행 이야기와 아이들의 학교생활 등 여러 이야기를 나누다 보니 어느새 비행기가 호치민시에 도착하였다. 그렇게 다섯 시간을 날아 베트남에 도착했다. 공항을 빠져 나오자마자 마치 물고기 떼처럼 무리지어 달리는 오토바이 행렬에 눈이 휘둥그레졌다. 이곳은 주요 교통수단이 오토바이라고 한다.

우리 일행은 베트남 한인교회를 들렀고 호치민 광장과 노틀담 성당, 중앙우체국 등을 방문했다. 저녁 식사는 사이공 선상 디너였는데 배에서 한국인들과 중국인들이 많이 보였다. 악기를 연주하고 가수들이 노래를 하며 흥을 돋우는 모습을 보았다. 특히 베트남 가수가 한국 노래를 잘 부르는 것을 보고 우리의 국력에 대해 실감하였다. 나도 그 가수가 부르다가 건네주는 마이크를 받아 한 곡 부르고 기분이 좋아져서 달러를 팁으로 주었다.

다음 날 동양의 나폴리라 불리는 나트랑으로 향했다. 네모, 세모, 원뿔 모양 등 다양하고도 독특한 모양으로 잘 다듬어진 가로수들이 특히나 이국적이었다. 날씨가 흐려서 에메랄드빛으로 유명하다는 바다가 그 빛을 발하지 못한 것이 아쉬웠다. 이어서 들른 시장에는 수수한 차림의 아낙들이 많이 보이고 노점엔 열대 과일들이 많았다. 우리나라에서 비싸게 팔리는 용과는 지천이었다. 그 나라의 문화를 알려면 그 나라의 시장을 돌아다니면 된다고 했던가.

베트남의 식사는 무난하였다. 향이 좀 있었으나 인공을 가미하지 않아서 먹을 만하였다. 건강한 음식들이었다. 점심 식사 후 세 시간 넘게 달려서 목사님 가족분들이 세운 투안뜨 교회에 도착하였다. 거의 완공을 눈앞에 두고 있었다. 여러 가지 어려운 조건에서도 이곳을 지키는 전도사님 내외분이 존경스러웠다. 우리나라에 처음 기독교가 들어오면서 외국인들이 받았던 핍박과 겹쳐지면서 가슴이 아팠다. 교회에서는 이곳에서의 생계가 막막한 전도사님 내외분을 위해 염소를 보내 드리기로 하였다. 나도 염소를 보내 드리기로 마음먹었다.

하노이 공항에서 하롱베이까지 180km라고 한다. 생각보다 베트남은 길고도 넓은 땅덩어리였다. 하노이에서 출발해 하롱베이에 도착한 것은 두 시가 넘어서였다. 원래 다섯 시간 정도 배를 타고 섬을 도는데 오후에 도착한 우리는 곧 어두워지므로 세 시간 정도로 줄여서 관광을 하였다. 배를 타고 얼마 가지 않아 섬들이 눈앞에 펼쳐졌다. '그 섬에 가고 싶다'는 광고 영상을 보며 평소에도 멋있다고 생각해 왔는데 실제로 눈앞에 펼쳐지니 장관에 감탄할 뿐이었다. 지나가면 다시 또 다가오는 섬들… 삼천여 개의 섬이 그렇게 끝도 없이 펼쳐져 있었다. 해산물로 차려진 선상에서의 저녁 식사는 풍성하였다. 주변에서 잡은 고기들이라니 더더욱 안심되는 먹거리라는 생각에 식욕이 돋았다. 여행의 마지막 밤이 다가오고 있었다.

목사님은 이번 여행의 히로인은 유기순 집사라며 웃으셨다. 모두들 오랜 벗을 만난 것처럼 다시 여행에 동참한 것을 반가워했다. 그렇게 나는 다시 하늘을 날았다.

　　10월도 다 가고 벌써 11월 초에 접어들었다. 마지막 가을 풍경을 보러 인천대공원으로 향했다. 공원 서문 쪽에 주차하니 벌써 맑은 공기가 나를 반긴다. 천천히 동물원 쪽으로 올라가서 약간의 경사진 계단을 오른다. 그렇게 한 십여 분 걷다 보니 평탄한 능선이 쭉 나 있다. 동쪽으로 시흥에 있는 소래산을 보면서 가을의 끝을 눈에 담는다. 올해도 더 이상 아프지 않고 무사히 지나가는 것에 감사하며 낙엽이 비처럼 쏟아지는 길을 걷는다. 마른 솔잎 향과 상수리나무의 향긋한 향이 바람에 섞여 가슴 깊숙이 들어온다.

　　그때였다. 그 여인이 앞에서 내 쪽으로 걸어오고 있었다. 말을 걸어 볼까 말까? 나는 또 망설였다. 천천히 혼자서 작은 배낭을 메고 걸어온다. 얼굴은 전보다 많이 쪼글해졌다. 그 모습을 살피는 사이에 그녀는 내 옆을 스쳐 지나간다. 오늘도 역시 나는 말을 걸지 않았다. 아니 못했다.

　　처음 그녀를 마주친 것은 두 해 전 관모산 약수터 쪽에서였다. 나는 올라가고 그녀는 젊은 남자와 내려오고 있었다. 지나치는 그 많은 사람들 중에서 웬일인지 유독 그녀가 눈에 들어왔다. 그 날 그녀는 모자를 쓰고 등산복을 입고 있었는데 약간 마른 체구에 키가 자그마하고 곱상한 얼굴이었다. 약간 겁먹은 표정이었으나 이곳을 자주 드나드는 아줌

마들하고는 다른 느낌이었다. 조신하게 살림 잘하는 부인이거나 아니면 직장에 다니던 지적인 여인의 느낌이랄까? 그러나 얼핏 보기에도 그녀는 아파 보였다. 여인은 아들로 보이는 그녀를 닮은 젊은 남자와 걷고 있었다. 그녀는 그날도 오늘처럼 내 곁을 스쳐 지나갔다. 나는 그때 남편과 함께였다. 나는 그 여인을 지나쳐 보내면서 어디가 아픈 여인일 거라고 단정지었다. 그 뒤로 딸과 함께 가던 날도 그녀를 보았다. 나는 딸에게 그 여인을 가리키며 많이 아파 보이지 않느냐고 했다.

"정말 그렇게 보이네. 옆에 있는 사람, 아마 아들 같지?"

딸도 나와 같은 생각을 하며 그녀의 건강에 의구심을 가졌다.

그 뒤로 간간히 그 여인을 보게 되었는데 조금씩 말라가는 게 보였다. 얼굴도 더 푸석해지고 있었다. 그러다가 지난해 말부터는 그녀의 모습이 보이지 않았다. 나도 모르게 걱정이 되었다. 그 여인에 관한 어떤 정확한 정보도 없으면서 머릿속에 여러 상상을 하며 걱정을 했다. 아마도 동병상련의 감정이 그에게 갔을 것이다. 꽃피는 봄과 더운 여름에도 그녀를 볼 수 없었다. '이상하다. 운동하는 시간이 다르나?' 그러다가 얼마 전 우리 집 강아지 '구름이'를 데리고 산 중턱을 걸을 때였다.

"아가, 까꿍! 예쁘게 생겼네!"

구름이를 데리고 나가면 늘 듣는 칭찬이라 눈인사를 하려고 보는 순간 그 여인이 눈앞에 있었다. 전에도 우리 구름이를 보면서 환하게 웃던 그녀가 구름이를 보면서 웃고 있었다.

그날 본 그 여인은 하마터면 몰라볼 뻔하였다. 한 10년은 더 늙어 보이는 쪼글쪼글해진 얼굴이 더 푸석해져 있었다. 몸무게는 약간 불어있

는 듯했다. 마음은 평온해 보였다. 그러나 혼자였다.

'괜찮으신 거죠? 요즘 어떠세요?'

하고 묻고 싶은 반가움이 일었지만 서로 인사도 안 한 사이였고 그녀는 나를 모르는 것 같았다. 아무튼 반가웠다. 안색을 흠칫 살펴보았다. '편안해 보여 다행이다. 회복 중일까? 무슨 병일까? 그녀도 혹? 나보다는 언니뻘일 것 같은데, 무슨 일이 있었던 것일까?'

지인에게 이 말을 전했더니 그녀는 말했다.

"아니 궁금하면 물어보지 그랬어요? 배고픈 건 참아도 궁금한 건 나는 못 참는데⋯. 그녀가 아픈 건지 그리고 한동안 안 보인 것이 어디 먼데 여행이라도 갔던 건지 알 수 없잖아요? 사람들은 자기가 겪은 일처럼 상대방을 생각하거든요, 전혀 다른 반전이 있을 수 있잖아요."

"네에, 그러네요. 다음엔 꼭 물어봐야겠어요."

그 후로 나는 그녀를 만나면 꼭 말을 걸어보리라 생각했다. 그리고 산책길에서 많이 기다리며 찾아보았다. 그런데 오늘도 나는 그냥 지나쳤다. 서로 모르는 사이인데 말을 걸 적당한 이유가 생각나지 않아서였다. 아마도 그렇게 계속 궁금해하면서 지나칠 것 같다. 아무 일 없이 행복하고 건강한 여인이길 빌면서.

ⓒ「별빛 닮은
채송화」중에서

5부

따스한 목화솜 이불처럼

별빛 닮은 채송화

얼마 전 친구 예숙이의 카톡 프로필 사진에서 채송화가 햇살에 눈부시게 빛나고 있었다. 화분 가득 싱싱하고 통통하게 잘 자라고 있는 채송화는 환하게 웃는 것 같기도 했다.

"채송화 너무 잘 자랐네. 어디야?"

"응, 우리 집 베란다."

서울에 살고 있으면서도 주말농장을 가꾸는 친구라서 당연히 그녀가 키운 채송화일 거라고 생각했다. 그러나 뜻밖에도 새로 이사한 집 베란다에서 자라던 채송화라고 했다. 주인이 버리고 갔지만 잘 자라고 있다고 하였다. 혼자서도 잘 컸지만 착한 새 주인을 만났으니 더 건강하고 오래오래 꽃을 피우며 자랄 것이라는 생각이 들었다. 주인 없이도 저렇게 잘 자라는 화분이 기특하였다.

어릴 적 가장 친근하던 꽃이 채송화였다. 마당 한편이나 화단 옆에서 흔하게 볼 수 있었다. 남아메리카가 원산지여서 그런지 주로 여름 낮에 햇빛 속에서 피었다. 고향의 뜨거운 태양을 그리워하며 한낮에만 피는지도 모른다. 하지만 언제부턴가 채송화 보기가 힘들어졌다. 요즈음에는 각종 이름 모를 서양 꽃들이 우리의 꽃밭이나 주변을 차지하고 있다.

기억 속에서 가장 오래된 채송화는 초등학교에서였다. 내가 다니던 초등학교는 1913년에 개교한 아주 오래된 학교였다. 나무로 지어진 일제식 단층 건물이 세 동이나 있는 커다란 학교였다. 동편에서 1학년을 보내고 중앙의 건물에서 주로 초등학교 시절을 보냈는데 학교가 제법 운치가 있었다. 그중에서 화단이 아주 예쁘게 가꾸어져 있었다.

나는 〈꽃밭에서〉 동요를 생각하면 바로 학교 꽃밭이 생각난다. 다알리아, 칸나, 맨드라미, 패랭이, 패튜니아, 백일홍, 사루비아 등 갖가지 꽃들이 키에 맞추어 예쁘게 피어 있었다. 갖가지 꽃들 속으로 벌들이 날아와 붕붕거리면 꽃밭은 마치 잔칫집 같았다. 동편의 식물원에는 여뀌나 방동사니, 아주까리들도 커가고 있었고 또 그 옆의 연못에는 연꽃들이 잘 자라고 있었다. 학교는 전체가 볼거리로 풍성했고 배울 것들로 가득했다. 나는 여러 꽃들과 식물의 이름을 그때 대부분 알았다. 그 화단을 정성 들여 가꾸었을 선생님들과 학교를 관리해주시던 분들을 생각하면 지금까지도 참 존경스럽고 고마운 마음이 든다.

내게 처음 온 채송화의 기억은 교사의 처마 밑이다. 낙숫물이 떨어지던 처마 밑 담벼락 쪽이었다. 쉬는 시간에 구슬치기를 하다 구슬이 굴러간 끝자리에서 만날 수 있었다. 나는 아직도 햇살이 비치던 그곳에 핀 채송화를 기억한다. 화사한 꽃밭의 한쪽에서보다 그 처마 밑에서 피던 채송화가 눈에 잘 들어왔고 까만 칠을 한 나무로 지어진 건물과 참 잘 어울린다고 생각했다. 조금은 외톨이 같기도 해서 측은했지만 자세히 보면 튼튼하고 예쁘게 잘 자라고 있었다. 쪼그리고 앉아 키를 맞추고 한참을 살펴보기도 했다. 작은 돔형의 씨앗 주머니를 열어보면 까만 씨앗들이 참 많이도 나왔다. 좁쌀처럼 작지만 검은 보석 가루처럼 빛이 났다. 그 작고 어두운 곳에 얼마나 많은 꿈들을 간직하고 있던 것일까?

예숙이가 보내온 채송화의 사진이 눈에 가물거릴 즈음이었다. 언니네 집에 갔더니 텃밭에 가지가지 식물들이 잘 자라고 있었다. 언니는 도심에서도 주택을 좋아하고 계단이든 창이든 꽃밭이든 어디나 채소와 화초를 키우며 자연의 혜택을 누린다. 상추를 키워서 집에서 두고두고 먹으라며 화분 하나를 주었다. 자신 없다고 했더니 너무 간단하다면서 차에 실어 주었다. 덕분에 싱싱한 상추를 잘 키워 먹고 빈 화분은 베란다 밖에 두었다. 긴 장마가 끝나고 화분을 정리하다 보니 두 종류의 싹이 나고 있었는데 하나는 쇠비름이었고 하나는 채송화였다. 어디서 왔는지 초대하지 않았어도 두 녀석은 무럭무럭 잘 자랐다. 자리를 따로 마련해주려고 두 개의 빈 화분에 각각 심었더니 생명력이 강하기로 잘 알려진 쇠비름은 시들시들하였지만 다른 화분에서는 채송화가 무럭무럭 자랐다. 신기하기도 하고 기특하기도 해서 매일매일 화분에 눈길을 주었다. 그래서 그랬을까. 채송화는 곧 노란 꽃을 별처럼 예쁘게 피웠다. 비단같이 윤이 나는 꽃과 통통하게 물을 머금고 있는 잎들을 보며, 어떻게 여기까지 오게 되었는지 알 수는 없지만 나의 창가에서 편하게 잘 살아 주었으면 했다. 노란 채송화는 저 멀리 별빛 하나가 지구 여기저기 바람을 타고 맴돌다가 이곳 나의 창가로 와서 아름다운 꽃을 피운 것이라는 동화 같은 생각이 들었다.

바람이 서늘해지고 있다. 우리들 모두 화분 속 채송화처럼 이곳 지구에서 생명 있는 날까지 편하고 행복하게 머물다가 아름다운 별들로 떠나기를 바란다.

따스한 목화솜 이불처럼

엄마의 건강이 좋지 않아 거동이 불편해진 이후로 자주 친 정에 간다. 시장 볼거리가 있으면 같이 사기도 하고 나가서 외식도 하 고 드라이브도 한다. 지난번 엄마와 처음 교회에 갔을 때 아는 친구분 들이 엄마 얼굴을 비비고 손을 잡으며 교회에 나왔다고 난리였다. 그날 엄마는 예배 후 떡국을 얼마나 잘 드시던지 동네잔치에 갔다 온 것처 럼 좋아했다. 올해 크리스마스는 주말이었다. 혼자 외로워할 엄마를 위 해 남편과 셋이서 시골 교회에 갔다. 이 교회는 아이들이 없어서 성탄 분위기는 조금 덜했지만 나름 성스럽고 축복 가득한 예배였다.

엄마의 저녁 잠자리를 챙기다 보니 건넌방 장롱에 청색 홍색이 들어 간 전통 이불이 보였다.

"엄마, 이 오래된 이불은 뭐야? 왜 이렇게 무거운 거지? 예쁜 이불들 도 많은데 오래된 것들은 다 치우는 게 좋겠어."

큰언니가 시집갈 때 외할머니가 목화를 심어서 솜이불을 손수 해준 거라고 했다. 언니는 그걸 왜 친정에 다시 갖다 놓은 걸까? 엄마는 무거 운 그 이불을 쓰지 않을 거라며 필요하면 가져가라고 했다. 물론 내가 먼저 그 좋은 목화솜 이불을 언니가 왜 가져왔느냐며 최근에 목화솜 이불을 갖고 싶었다고 했다.

나도 결혼할 때 솜이불이 있었다. 시집갈 때 해갔던 무거운 이불을 신도시 아파트로 입주하면서 버리고 백화점에서 가볍고 산뜻한 걸로 샀다.

몇 해 전 극세사 이불을 샀는데 감촉이 좋고 포근하며 따뜻했다. 잠도 잘 왔다. 우리 식구들은 그 후 극세사 이불에 푹 빠져서 한겨울을 행복하게 보냈다. 지난번 친구들과 이야기를 나누던 중에 극세사 이불이 따뜻하다며 올 겨울도 너끈히 지낼 거라고 자랑했다. 그런데 한 친구가 이번에 옛날 목화솜을 틀어서 새 이불로 만들었다고 하였다. 구름 위에서 자는 것 같다며 행복한 표정으로 이야기하였다. 친구의 이야기를 들으니 예전에 홀가분하게 치워 버린 솜이불이 더 생각났다. 최근에 자연 친화적인 것을 사람들이 찾으면서 목화솜 이불이 다시 등장하고 있는 것을 알고 있었다. 천연 솜이라 알레르기나 아토피를 발생시키지 않고 건강면에서도 우수하다는 것을 알기 때문에 나도 목화솜 이불을 다시 갖고 싶었다. 그런데 나도 드디어 목화솜 이불을 덮을 기회가 온 것이다.

내가 다니는 교회 앞에 이불 집이 있다. 손님이 있을지 모를 정도로 지나치기 쉬운 곳에 있다. 언제부터 이곳에 있었는지 모른다. 지난여름부터 나는 이 가게가 눈에 들어왔다. 한 여름에 그 작은 가게에 '극세사 이불 싸게 드립니다.' 라는 광고 문안 때문이었다. '어머! 이런 곳에, 게다가 이런 한여름에 극세사 이불을 팔다니…' 가게 안에 사람이 있는 것 같지도 않고 손님이 올 것 같지도 않았다. 창고처럼 쓰고 있나 하는 생각을 하다가 그냥 계절을 지나쳤다. 그 후로도 그곳에 누군가 드나들든가 아니면 주인이 있든가 하는 걸 본 적이 없다. 그런데 얼마 전부터는 '솜 틉니다'라는 글귀가 들어왔다. 요즘 솜 트는 곳을 보지 못하였기에 관심이 생겨 잊지 않고 있었다.

가게 문을 살짝 밀어보니 열렸다. 저 안쪽 깊숙한 곳에서 아주머니가 나왔다. 가게 안은 입구보다는 넓었다. 길게 안으로 이어져 있었는데 여러 가지 침구들이 생각보다는 많았다. 가게 주인은 친절히 안내하면서 며칠 안으로 금세 솜을 틀 수 있다고 하였다. 가져온 이불을 보고는 적지 않은 솜이니 가게에 있는 것을 좀 더 보태어 세 채를 만들라고 권하였다.

그녀가 벗겨 놓은 이불 싸개 사이로 목화솜을 보았다. 누렇고 찌들었으면 어쩌나 하고 생각했던 것은 기우였다. 그렇게 오래된 솜인데도 아이보리 빛깔의 뽀얀 것이 새 솜 같았다. 나는 집에도 이불이 충분했으므로 더 만들 필요는 없다고 하였다. 그러자 커버를 새로 하겠느냐고 하였다. 집에 있는 것을 그대로 쓰겠다고 하였더니 재어온 치수가 보통 치수와 잘 안 맞는다고 갸우뚱하면서 집에 가서 다시 재어보라고 한다. 별로 남는 것이 없는지 주인은 자꾸 이것저것 권한다. 그래서 나는 커버를 둘 다 새로 하겠다고 하였다. 그녀가 권하는 60수짜리 큰 사이즈 이불 커버와 40수 특면으로 된 작은 이불 커버를 주문했다. 그것도 같은 걸로 하려고 했더니 천 자투리가 모자라는지 두 종류로 권한다. 괜찮아 보여서 그대로 하기로 했다. 어려운 이웃들도 돕는데 장사하는 사람도 남겨보아야 얼마나 남기겠나 생각하면서 스스로 흐뭇해 했다.

외할머니가 가꾸던 목화밭은 산 언덕배기에 있었다. 아버지가 누워 계신 그 자리 어디쯤이었다. 산 넘어 '이산골'에 가는 길가에 길게 목화밭이 있었다. 공부하다 답답할 때 올라가던 앞산이다. 목화꽃은 흰색도 있고 분홍색도 있는데 어찌 보면 무궁화꽃 같기도 하고 어찌 보면 접

시꽃 같기도 했다. 특별히 튀지 않아서 친근했다. 꽃이 진 후 열리는 어린 목화다래는 따서 먹기도 했는데 맛이 좋았다. 목화가 익어서 하얀 구름처럼 피어오르면 목화밭은 온통 흰 눈이 쌓인 듯 희었다. 그 보드라운 솜꽃을 몇 개 꺾어서 집에 걸어 놓기도 하였다. 목화는 잘 익으면 하나하나 따서 씨를 일일이 손으로 발라낸다. 그렇게 해서 솜을 만든다. 할머니가 손수 목화를 심고 거두어서 정성껏 이불을 만들었을 시간들을 머릿속으로 그려 보았다. 그리고 첫 외손녀에게 이불을 건네줄 때 어떤 기분이었을까 생각해 보았다. 모든 것이 목화솜 이불처럼 따스하게 전해 왔다.

창밖은 흰 눈으로 가득하다. 내 방에 새로 탄생한 목화솜 이불이 탐스럽고 환하게 놓여있다. 핑크빛 커버에 싸여 뭉게뭉게 알맞게 부풀어 오른 것이 아가의 살결처럼 부드럽고 따스하다. 구름처럼 가볍고 포근한 이불이다. 외할머니와 엄마 그리고 큰언니까지 긴 시간을 건너 이어져 온 이야기와 사연을 생각하며 잠을 청한다. 크리스마스에 나에게 선물처럼 건너온 이 목화솜 이불이 매일매일 좋은 꿈을 안겨 줄 것만 같다.

여름날 그 빵집

　　가만히 있어도 더운 날씨다. 30도는 훨씬 넘을 듯하다. 저녁 먹기는 약간 이른 시간이지만 무언가 달달한 것을 먹고 싶었다. 평소 잘 먹지 않던 빵이 오늘따라 생각났다.

　　작은애가 직장을 옮겨서 출근 시간이 두 시간 반이나 빨라졌다. 도시락까지 챙겨서 가려면 더 일찍 일어나야 한다. 물론 다니던 직장보다는 보수나 환경 그리고 일의 강도가 더 좋은 조건이니 다행이다. 하지만 내 몸은 며칠째 생체리듬이 많이 바뀌어 단 것을 간절히 요구하고 있었다.

　　빵에 들어간 설탕과 방부제, 첨가제가 암환자에게 좋지 않다는 것은 알고 있다. 하지만, 먹고 싶은 욕구를 참는 것이 더 나쁠 거라 스스로 적당한 이유를 대면서 가까운 빵집에 들어갔다. 손님을 맞이하려고 문까지 열어 놓았지만 가게 안은 손님이 없었다. 열심히 밀가루 반죽을 하고 있는 아저씨와 동글동글 예쁘게 빵을 빚고 있는 아주머니, 그리고 계산과 판매를 겸하고 있는 아르바이트생인 듯한 젊은 소녀, 세 사람만 보였다. 에어컨을 틀어 놓았지만 가게 안은 조금 더웠고 아저씨는 땀방울이 얼굴에 송골송골 맺혀 있었다. 그들은 모두 더위에도 열심히 일하고 있었다.

　　진열대를 둘러보며 우선 겉은 바삭하고 속은 촉촉한 바게트를 골랐

다. 그리고 그 다음에 단팥빵과 도넛이 눈에 들어왔다. 나는 주저 없이 그 빵과 찹쌀 도넛을 집어 들어 쟁반에 담았다.

빵을 사 들고 집에 들어오자마자 부드럽고 달콤한 단팥빵을 듬뿍 입에 물었다. 냉장고의 시원한 우유도 꺼내어 마셨다. 그때 가게에서 일하던 가냘픈 소녀의 얼굴이 떠올랐다.

나도 한때 아르바이트로 빵을 팔던 때가 있었다. 학교 매점에서였다. 쉬는 시간에 친구들에게 단팥빵과 찹쌀 도넛을 팔았다. 자잘한 학용품과 함께였다. 그 당시 별다른 간식거리가 없어서 학교에서 공식적으로 판매하던 단팥빵과 찹쌀 도넛은 가히 폭발적으로 인기가 있었다. 하얀 칼라에 깔끔하게 교복을 입은 친구들은 쉬는 시간이면 매점에 구름처럼 모여들었다. 그리고 단팥빵과 도넛을 다투어 사 갔다. 누구에겐 단팥빵과 도넛이 학창 시절의 달달한 추억이겠지만 나는 기억하고 싶지 않은 씁쓸한 시간들이다.

그때는 학교를 다닐 수 있다면 무엇이라도 할 수 있을 것 같았다. 나의 소녀 시절은 그렇게 초라하기 그지없었다. 교실에선 우등생이었지만 밖에서는 늘 춥고 힘들었다. 나의 지독한 자존심은 나를 내면으로 더 파고들게 했다. 꿈에서나 가능할 것 같은 상상 속에 빠져 들었다. 텅 빈 집에서 혼자 벽을 보고 누워 있으면 내 몸은 붕붕 떠다녔다. 발을 구르면 몸은 풍선처럼 떠서 어디든 날아다녔다. 좀 더 힘차게 발을 구르면 더 높이 튕겨 하늘 높이 올랐다. 그리곤 어디든지 상상하는 대로 여행을 떠났다.

한입 가득 베어 문 단팥빵은 더 이상 달콤하던 예전의 빵 맛은 아니었고 속은 바로 더부룩해져왔다. 고소함으로 유혹하던 도넛은 입에 대지도 못 한 채였다. 소녀의 얼굴이 자꾸 떠올랐다.

그 옛날 소녀에게 따뜻한 위로의 말을 전하고 싶다.

'괜찮아. 누구나 상처 받으며 커 가잖아.'

고맙다 그리고 잘 부탁한다

"차량 폐차비 입금해 드리겠습니다. 은행과 계좌번호 좀 불러 주세요."

폐차 처리하는 분으로부터 전화가 왔다. 조금 있다가 은행에 돈이 입금되었다고 문자가 왔다. 마르샤는 마지막 가는 길에도 55만 원을 나에게 주고 갔다. 다른 사람들은 마르샤가 한낱 고물로 갔다고 생각하겠지만 나는 그 차가 생명이 있는 특별한 친구처럼 느껴져서 왠지 숙연해졌다. 가장 치열했던 젊은 날을 같이 한 녀석은 나의 모든 것을 알고 있다고 생각되었다.

IMF가 터지던 그해 겨울 어느 날, 남편은 의논도 없이 떡하니 새 차 한 대를 몰고 왔다. 타고 있던 차도 괜찮은 데다, 그 당시 직장에서 감원 일 순위가 맞벌이라고 다들 조심하고 있는 터였다. 철없는 남편 때문에 새 차라는 기쁨은커녕 걱정이 앞섰다. 그래서 그랬는지 남편은 얼마 있다가 실직을 했다. 마르샤도 얼마 안 되어 단종되었다. 예뻐할 수만은 없는 차이지만 지금까지 16년 동안 별 고장이 없었다. 사고도 없었다. 그동안 녀석은 나에게 효자 노릇을 톡톡히 했다. 그러다가 지난해부터는 수명이 다했는지 계기판이 잘 안 되더니 엔진에 기름도 조금씩 새고 문도 잘 안 열리는 등 잔고장이 하나둘씩 생겼다. 정비소에서는 타는 데까지 타고 고치지 말라고 했다. 손 볼 데가 많아서 큰돈이 든다는 것이다. 이래저래 새로운 차를 구입해야만 했다.

내가 차를 운전하기 시작한 것은 작은 아이가 태어나던 해이다. 벌써 30년이나 되었다. 경험상 워킹맘의 육아는 상상 초월이라고 말하고 싶다. 지금은 인구가 줄어들고 있어 정부에서 육아정책을 펴고 어려모로 많이 신경을 쓰지만 그 시절에는 워킹맘에 대한 배려가 전혀 없었다. 놀이방 찾기도 쉽지 않았다. 다행히 두 아이를 맡길 수 있는 곳을 찾았는데 살고 있던 아파트와는 어느 정도 거리가 있었다. 1년 6개월 터울인 두 아이들을 집에서 그곳까지 데려다주고 출근하기란 여간 어려운 게 아니었다. 두 아이들을 놀이방에 보내려면 유모차로는 힘들었다. 특히 비 오는 날엔 두 아이에게 우산을 씌우고 그곳까지 데리고 가기가 참 쉽지 않았다. 힘들게 아이를 맡기며 다니던 그 시절을 생각하면 다시는 못 돌아갈 것 같다.

겁이 많아 자전거도 못 타는 내가 면허를 따고 차를 산 것은 순전히 아이 엄마였기 때문일 것이다. 빨간색 프라이드였다. 나의 손발이 되어준 그 차를 타고 아이를 키우고, 학교에 출근하고⋯. 초보라서 남들 눈에 잘 띄라고 선택한 빨간색, 운전 중 아이들이 뒤에서 문을 열어 사고가 날 수 있으니 도어가 세 개인 차를 찾아서 산 프라이드!

명예퇴직 기념으로 새 차를 사고 싶었는데 30년 동안 일한 나를 위해 평소 갖고 싶었던 흰색 그랜저를 뽑기로 했다. 올해부터는 하얀 새 차를 타고 새로운 마음으로 운동도 하고 친구도 만나고 해야겠다. 그동안 타던 차들은 아이 육아와 생계를 위해 필요했지만 이번 녀석은 순전히 나 자신을 위해서이다. 그랜저. 잘 부탁한다. 그동안 고마웠어, 마르샤, 평안히 잘 가.

용인의 추억

       토요일에 인사동에서 대학 후배 승희를 만났다. 그녀는 대학에선 후배지만 대학원에선 같이 미술교육을 전공했다. 다른 동문들과 같이 신년 하례회에 참석했다가 우리 둘은 따로 나와 찻집에서 차를 마시며 이런저런 이야기를 나누었다. 그녀는 여전히 젊고 미스 같은 분위기를 풍기고 있었다. 그녀는 용인에 산다. 인천에 살다가 몇 년 전

에 전원주택을 짓고 이사를 했다. 항공사에 근무하는 남편도 같이 용인으로 직장을 옮겼다. 그녀의 용인 생활은 여유 있고 행복해 보였다. 이야기를 나누는 동안 용인에 살던 기억들이 떠올랐고 다시 가보고 싶다는 생각이 들었다.

삼십대 중반 무렵 나는 용인에서 초등학교 교사로 2년간 머무른 적이 있다. 내가 그곳으로 부임을 한 것은 여러 가지 이유가 있었지만 가장 큰 이유는 아이들 때문이었다. 삭막한 도시에서 자라고 앞으로도 그래야 할 것 같은 아이들이 더 크기 전에 시골의 전원생활을 경험해 봐야 한다는 생각이 들었기 때문이다. 겁도 없이 나는 집에서 17km나 떨어진 용인으로 근무지를 신청해 버렸다. 용인에서 전셋집 구하기가 그렇게 어려운 줄을 몰랐다. 에버랜드가 있는 포곡면 전대리 근처에서 연립주택을 겨우 얻어서 6개월을 기다린 끝에 시내 아파트로 갈 수가 있었다. 부천 집에는 남편이 혼자 지냈고 우리는 그렇게 주말부부가 되었다.

생각보다 용인의 생활은 즐거웠다. 가까운 곳에 에버랜드가 있어 퇴근 후 저녁을 먹고 간간히 산책 코스로 이용했다. 퇴근 후가 즐거웠다. 아이들도 놀이기구를 마음대로 타고 노는 것을 즐거워했고 또 나와 하루를 온전히 지낼 수 있어 더욱 좋아했다. 큰애가 초등학교 2학년, 작은애가 유치원생이었다. 부임하면서 바로 2학년을 담임했던 나는 업무도 편한 것을 맡았다. 아마도 어린 두 아이를 데리고 먼 곳까지 온 나를 배려해준 것이리라.

용인은 안개가 자주 내려앉는 곳이었다. 수업을 하다 창밖을 보면 운동장은 늘 안개가 내려앉아 있고 건너편 산은 아예 보이지 않았다. 오월이 되면 교실 뒤쪽 창문과 마주한 낮은 산에서는 아카시아 꽃향기나 밤꽃 냄새가 진동하였다. 가을이면 도토리나 밤 구르는 소리도 간간이 들을 수 있었다. 회색빛 도시 생활에 힘들었던 우리 가족은 용인 생활을 즐겼다. 그래도 귀여운 우리 아이들이나 반 아이들이 아니었으면 외로웠을 것이다. 내 아이들은 그곳을 좋아했고, 가르치는 아이들도 예의 바르고 귀엽고 예뻤다.

'살아 진천, 죽어 용인'이라는 말이 있는데 용인은 산천이 좋았다. 나는 아이들과 드라이브를 즐겼는데 에버랜드 뒤쪽 호암 미술관 쪽 길을 자주 갔다. 그 길은 호젓하고 운치가 있었다. 미술관에 차를 세우고 들러서 작품을 감상하고 정원을 거닐며 놀기도 하고 간간이 차도 마시면서 여유를 즐겼다. 특히 가을 낙엽이 질 때는 낙엽 위를 뒹굴고 머리 위로 낙엽을 날리며 즐거워하던 기억들로 아직도 그립다.

용인은 먹거리도 좋았다. 저녁밥이 하기 싫으면 시내의 음식점으로 차를 몰았다. 시장 안에 학부형이 하던 두부 집도 맛있었고, 다리 건너편 마당 레스토랑의 돈까스와 깍두기를 아이들은 좋아했다. 터미널 근처에 있는 하얀 집의 분위기 있던 레스토랑에도 잘 갔다. 그 집의 새우 도리아 맛이 일품이었기 때문이다. 이곳 부천에 와서 몇 년간은 그 먼 용인까지 그 맛을 못 잊어 아이들과 몇 번을 더 갔었다.

아이들은 용인에서 적응을 잘했다. 학교 대표로 각종 대회에도 나가고 성적도 항상 최상위였으니 말이다. 그곳 선생님들은 우리 딸 같은 아이들을 키워 보고 싶다고 부러워했다. 나는 아이들에게 수영을 비롯하여 각종 방과 후 특기를 가르쳤는데 지금까지도 아이들은 그때가 좋았었노라고 입을 모은다. 용인에 살면서 그쪽 사람들과도 사귀었다. 학부형들과도 친하게 지냈는데 민영이는 부천 우리 집에 와서 자기도 하였다. 마사지실의 원장님하고는 특별한 음식점에 잘 갔다. 학교 선생님들하고는 퇴근 후에도 자주 만나고 교감선생님과 안성으로 우리 애들과 같이 포도밭에 간 기억이 새롭다. 모두 나에게 친절했고 좋은 사람들이었다. 가족 같은 분위기의 용인이 좋았다. 아마도 남편의 성화만 아니었으면 지금쯤 그쪽에 둥지를 틀었을지도 모르겠다. 남편은 이곳 부천을 떠나지 못하였다. 지극히 효자인 그는 시댁에서 멀어지는 것을 원치 않았다. 그렇게 행복했던 용인의 시대는 2년 만에 막을 내렸다.

아이들 교육과 남편 직장 때문에 항상 도시를 맴돌았던 나에게 그곳은 잊지 못할 아름다운 추억이 되었다.

승희와 헤어지면서 올해는 꼭 용인에 가보리라 마음먹었다. 지금은 멀게만 느껴지는 용인이지만 그녀가 다시 새 전원주택을 지었으니 축하할 겸 가 봐야겠다.

아주 오랫동안

　　어버이날 아버지 산소를 찾았다. 엄마하고 나, 두 언니와 동생이 함께했다. 내가 그 안에 모처럼 끼었다고 하는 게 맞을 것이다. 아버지가 돌아가시고 오랜만이었다. 아버지는 시골집 앞산 양지바른 언덕에 누워 계신다. '풀냄새 피어나는 잔디에 누워 새파란 하늘과 흰 구름 보며' 꿈을 키우던 그곳이다. 산소 주변엔 쇠뜨기풀이 많이 자라고 있었다. 아버지를 찾아뵈니 그리웠던 지난 일들이 아련히 다가왔다. 아버지께 과일과 술 한 잔을 올렸다.

　　아버지는 우리 일곱 형제 중 나를 특히 예뻐해 주셨다. 오일 장날엔 아버지와 단둘이 시장에 나가 국화빵을 사 먹었다. 동글동글 찍어 내어 알맞게 촉촉하고 따끈하던 국화빵을 호호 불며 맛있게 먹었다. 아버지와 함께여서 더 좋았다. 배가 몹시 아프던 어느 날은 아버지가 나를 업고 안마당을 밤새 서성이셨다. 편안하고 따스했던 넓은 어깨를 오래도록 기억한다.

　　학교 오가는 길목에 있던 우리 집 마당은 맨발로 다녀도 될 정도로 늘 깨끗했다. 마당에서 동네 아이들은 집에 돌아갈 생각을 안 하고 고무줄놀이나 땅따먹기, 사방치기 놀이들을 하면서 어두워질 때까지 놀다가 가곤 했다. 하굣길의 편안한 놀이터였다. 나는 그것이 아버지의 성품과 닮았다고 생각했다. 온화하고 너그러우면서도 편안했다. 낙천

적인 아버지는 라디오를 즐겨 들으셨다. 〈목포의 눈물〉이나 〈봄이 오는 아리랑 고개〉 같은 노래를 즐겨 부르셨다. 적당한 키에 인물이 좋은 아버지는 이웃 분들에게 인기가 좋았다.

어릴 적 아버지께 혼이 난 기억이 없다. 큰소리를 집안에서 들어본 적도 없다. 아버지의 온화한 성품과 너그러움이 없었다면 나는 아마도 많이 삐뚤게 나갔을 것 같다. 가진 것은 없었지만 무엇이든 들어주는 아버지의 성품 덕분에 그나마 세상에 기죽지 않고 앞으로 나아갈 수 있었다. 그렇지만 커가면서 아버지가 무능하다고 느껴졌고 당신을 서서히 멀리했다. 언니들은 일찍부터 공부를 접고 돈을 벌려고 떠났다. 나는 그때부터 더 까칠해졌고 말수가 적어졌다. 내려오고 싶지 않았던 아버지의 등을 언제부터인가 멀리하게 된 것이다.

대학을 어렵게 마치고 나는 교사가 되었다. 발령을 받아 집을 떠나게 되었고 자주 집에 오지 못하였다. 자유롭게 내 생각대로 할 수 있어 속이 편할 것 같았지만 아버지가 계시는 집이 그리웠다. 아버지를 그리워하면서, 미워하면서 그렇게 시간이 갔다.

산소 주위를 천천히 둘러보니 쑥이 지천이었다. 옆으로는 뽕나무가 여러 그루 자라고 있었다. 밤나무도 많이 있었다. 철마다 우리가 필요한 것들을 준비해 놓고 말없이 기다리시는 듯했다. 아마도 아버지는 나를 벌써부터 용서하셨을 것 같다는 생각이 들었다. 그리고 앞으로 자주 오라고 손을 내미시는 것 같았다.

등에 기대고 싶던 꼬마 시절의 아버지, 아주 오랫동안 그리워했던 아버지가 지친 나에게 손을 내미는 것이 분명했다. 먼 기억 속의 따뜻하고 포근했던 아버지의 등이 자꾸 생각났다.

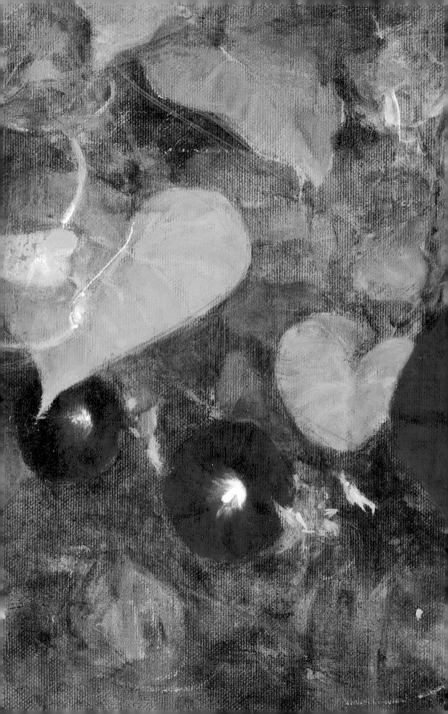

엄마와 나

"엄마아."

"아이구, 왔냐."

엄마는 병실의 30도 정도 기울어진 침대에 누워 주위 분들과 이야기를 나누고 계셨다. 어제 수술실에 들어갈 때는 얼굴에 핏기가 없고 부석부석해진 얼굴로 기운이 하나도 없어 보였는데 오늘은 좀 나아진 듯하였다. 엄마는 월요일에 이곳 부천의 예손병원에 오셔서 고관절 수술을 하셨다. 집안에서 넘어지셨는데 고관절 뼈가 부러진 것이다. 의사선생님 말로는 2주 정도 입원하고 상태를 보아가며 재활 치료를 해야 된다고 하였다. 혹시 잘 걷지 못할 수도 있다고 하였다. 노인이라 두 배는 회복 기간이 더 오래 걸릴 것이라고도 하였다. 수술 후 며칠간은 가족도 못 알아볼 수 있고 약간 치매 같은 증상을 보일 수 있다고 하여 걱정이 많이 되어서 어제는 잠을 좀 설쳤다. 올해 여든세 살이 되시는 고령인데다가 세 시간이 넘게 걸린 큰 수술에 혹시 눈 못 뜨고 계시면 어쩌나 하는 생각도 하였다. 그러나 엄마는 또랑또랑한 목소리로 병실 분위기를 리드하고 있었다. 나는 예상 밖의 결과에 안도하였다. 역시 우리 엄마는 보통이 아니다. 작은 체구지만 똑똑한 할머니가 왔다고 하루 사이에 병실에 소문이 돌았다. 엄마는 거기서도 어깨에 조금은 힘이 들어간 듯하였다.

나는 병실 분들께 가볍게 인사를 하고 가져온 앨범을 보여드렸다. 지난가을, 요즘치고는 이른 나이에 시집을 간 우리 큰딸의 앨범을 보여드리며 이런저런 이야기를 나누었다. 다른 환자들이 부러워하는 눈치였다. 사실 나는 엄마와 그리 살가운 이야기를 나누어 본 적이 없다. 그래서 무엇으로 이야기를 풀어나갈까 하다가 이 앨범을 생각해 낸 것이다. 다른 환자들도 고령이고 척추나 뼈에 문제가 있어 온 환자들이었다. 병실에 간병인은 이미 모든 가정사를 꿰뚫고 있었다. 옆 침대의 할머니는 퇴근 후 잠깐 얼굴만 비치는 아들 며느리를 두었고 건너편에 손을 다친 아줌마는 육십 초반쯤 되었는데 보호자 없이 있었다. 건너편 할머니는 다리 수술을 받으려고 입원하였는데 그 과정에서 폐암까지 발견되었다고 했다.

사실 어릴 적 엄마와의 대화를 떠올리면 부정적인 기억들뿐이다. 준비물이 필요하다는 말에 '돈 없다'던 엄마의 답변, 엄마 몰래 대학 면접시험을 보고 왔을 때 어디 갔다 왔느냐고 혼났던 일(누군가가 내가 시외버스 타고 내리는 것을 보고 엄마에게 말했던 것이다.) 등…. 내게 엄마는 늘 부정적인 모습을 보였고 그런 기억들만 오래도록 남아있다. 나는 어떻게 하면 엄마 몰래 시험 보고 학교에 다니나 그런 궁리만 한 것같다. 시집와서 힘들다고 말해도 엄마는 전혀 내 편을 들어주질 않았다. 그냥 잘하라고만 했다. 쉴 곳이 필요했고 내 편이 되어 줄 누군가가 그리웠다. 엄마가 아닌 엄마라는 이름이 그리웠다.

나는 교직 생활 삼십 년 만에 유방암을 얻었다. 그때 엄마에게 알리지 않았다. 걱정을 끼치고 싶지 않았고 그리 알리고 싶지도 않았다. 수술 후 몇 달 뒤에 소식을 듣고 엄마가 전화를 하였다.

"내가 나이가 들어서 갈 수가 없다. 미안하다. 잘 먹고 견뎌라."

나는 그냥 그러려니 하였다. 기대도 하지 않았다. 마음속에 서운함이 있었지만 그래도 간간이 가서 외식도 시켜 드리고 이야기도 나누고 그냥 그렇게 지냈다.

유방암 수술 후 여러 사람을 마음으로부터 용서했다. 엄마도 그중 한 명이다. 용서가 아니라 화해했다. 내가 서운한 마음 대신 감사한 마음으로 살았으면 아마 아프지도 않았을 것이다. 늘 서러웠고, 힘들었던 일들이 마음의 병이 되어 나를 엄습했던 것 같다. 그걸 용서 못한 나 자신도 용서했다.

얼마 전 이런 글을 성경에서 발견했다.

'누가 누구에게 불만이 있거든 서로 용납하여 피차 용서하되 주께서 너희를 용서하신 것같이 너희도 그러하고 이 모든 것 위에 사랑을 더하라.'

"엄마, 내일은 일이 있고, 모레는 맛있는 도시락 싸 올게요."

빨리 회복되셔서 다시 건강하게 걷기를 기도하면서 병실을 나왔다. 아직도 눈앞에 엄마라고 부를 수 있는 분이 살아 존재한다는 사실에 감사하면서, 내일은 맛있는 도시락을 싸야겠다.

6부

봄이 오고 있다

봄이 오고 있다

봄이 오고 있다. 소리 없이 따스한 기운이 대지에 돌고 있음을 알 수 있다. 새로운 기분으로 산뜻하게 봄을 맞이하고 싶어졌다. 우선 내 겉모습부터 바꾸며 봄을 맞이하리라. 칙칙함을 벗어버리고 화사하게 시작하고 싶어졌다. 옷장을 둘러보니 퇴직한 지 얼마 되지도 않았는데 마땅히 입고 나갈 옷이 눈에 띄지 않는다. 평소 출근할 때는 몸에 꼭 맞는 깔끔한 치마 정장 차림의 옷을 많이 입었다. 직장과 집에서 입는 옷이 달라서 그럴까? 아니면 전과 많이 달라진 내 몸의 변화 때문일까? 아무튼 입을 옷이 적당하지 않다.

하고 있던 단발머리도 맘에 조금 안 들었다. 단골 미용실에 가서 산뜻하게 커트를 했다. 젊은 시절처럼 좀 과감하게 잘랐다. 그 다음 옷을 사러 근처 아울렛 매장에 갔다. 가게마다 진열된 옷들은 봄맞이하기에 충분할 정도로 보기에 좋았다. 여러 가게에 들러서 옷을 살펴보았다. 신상으로 나온 옷들은 화사하고 디자인도 여러 종류였다. 그중 맘에 드는 옷을 몇 가지 입어 보았다. 그러나 잘 맞는 옷이 없었다. 목도 헐렁하고 어깨와 가슴이 많이 빈약하게 보였다. 살짝 절망했다. 전에는 생각지도 못하던 일이었다. 자그마한 키지만 나는 내 몸이 제법 비율이 잘 맞는다고 생각했다. 얼마 전까지만 해도 몸매가 좋다는 말을 많이 들었다. 그런데 이렇게 말도 안 되는 상황이 벌어진 것은 분명 그 무서운 암이란 놈 때문일 것이다.

항암과 방사선 치료가 다 끝나고 급격하게 근육이 줄어드는 느낌을 받았다. 단지 살만 빠지는 게 아닌 것 같았다. 어느 날 병원에서 선생님께 물었다.

"선생님, 근육이 많이 빠지는 것 같아요."

"맞습니다. 흔히 말하는 빨간 항암 약과 표적치료 약 페마라가 근육의 약 5%를 없앤답니다. 그것은 사람이 나이 들면서 십 년 동안 없어지는 근육과 같지요."

젊은 의사 선생님이 넌지시 말해주었다. 아마 묻지 않으면 그렇게 자세히 환자인 나에게 말해주진 않았을 것 같았다. 허무하게 근육이 십 년 치나 달아나 버렸다.

"근육을 어떻게 지켜야 하나요?"

"운동을 하셔야 합니다. 근육 운동을 꾸준히 하세요."

어쨌거나 그 날은 꼭 옷을 사야겠다고 마음먹었다. 한 매장에 갔더니 좋은 질감에 길이가 적당한 재킷이 눈에 들어왔다. 입어본 옷 중에 제일 몸에 맞았다. 회색 칼라에 주황색이 살짝 포인트로 들어간 옷이었

다. 점원은 밝은 블루색을 권했으나 나는 아직 그렇게까지 밝은 옷을 원하지 않았다. 니트로 된 모자가 달려있어서 캐주얼하면서도 산뜻했다. 그 옷에 어울릴 듯한 밝은 주황색의 목니트를 같이 샀다. 그날 사려고 했던 흰색 바지와 신발은 결국 사지 못했다. 매장 문 닫을 시간이 되어서였고 피곤하기도 했기 때문이다.

암이란 참 독하고 무서운 놈이다. 이 녀석을 확 그냥 한 번에 죽일 수는 없는 거겠지? 평생 호시탐탐 나를 노릴 놈에게 지지 않으려면 치열하게 살았던 젊은 날처럼 몸을 보살피며 사랑하며 살아야 할 것 같다. 내 몸을 더 사랑하라고 저 녀석이 찾아왔나 보다.

정기 검진에서 나는 담당 의사선생님께 다시 질문하였다.

"선생님, 정말 항암과 방사선 뒤에 10년 치의 근육이 없어지나요? 제가 정말 많이 근육이 없어졌어요."

"사람마다 다릅니다. 어떤 분은 그렇기도 하고 어떤 분은 안 그렇기

도 합니다."

그렇구나! 사람마다 다르겠구나. 음식의 문제, 체력의 문제, 기타 여러 요인에 의해 많이 달라지겠구나. 더 열심히 노력하는 것이 최선의 길일 것이다.

주말을 보내고 한가한 월요일, 다시 백화점으로 갔다. 레깅스 느낌이 나는 청바지와 그에 맞는 시크한 부츠컷 신발을 샀다. 훨씬 젊어 보였다. 청바지를 입었더니 하체 근육은 그래도 많이 안 줄어든 느낌이다. 바지와 신발은 마음에 들었다. 집에 와서 다시 재킷과 코디를 해 보았다. 지난봄에 샀던 스카프를 그 위에 살짝 둘러보니 조금 부드러워 보이면서도 괜찮았다. 이제 봄맞이 준비가 다 되었다!

그의 목소리

     이세돌 9단의 인기는 식을 줄을 모른다. 인공지능 알파고와 세기의 대결을 펼친 후 그가 기자회견장에서 하는 말을 들었다. 그런데 그의 목소리를 처음 듣는 순간 궁금해졌다. 너무 떨려서 그런지 아니면 다른 이유가 있는가 하는 의구심이 생겼다. 쉰 목소리 같기도 하고 변성기의 소년 목소리 같기도 하였다. 특이한 목소리에 더욱 그의 이름이 각인되었다. 나중에 이세돌 9단에 대해 알고 보니 목소리에 아픈 과거가 있었다. 시골에서 바둑에 재능을 보여 어린 나이에 서울로 올라와 부모님과 떨어져 형이랑 단둘이 살았다고 한다. 그 후 형이 군대에 가자 혼자 힘든 프로 생활의 스트레스로 인해 실어증에 걸리고, 기관지도 안 좋아졌다고 한다. 그때 치료 시기를 놓치는 바람에 지금처럼 목소리가 변했다는 것이다.

　나는 내 목소리가 맘에 들지 않는다. 처음엔 잘 몰랐는데 수업 모니터링 하다가 들어보니 예상했던 목소리가 아니었다. 녹음 소리를 들어보면 왠지 불안정하게 들린다. 그때 생각했다. 내 목소리가 별로구나. 그 후 줄곧 그렇게 생각했다. 목도 약해서 발령 후 오랫동안 이비인후과를 들락거렸다. 조용한 것을 좋아해서 말을 안하고 지내고 싶을 때가 많았지만 직업의 특성상 무리를 할 수밖에 없어 항상 목이 아팠다. 큰 목소리, 튼튼한 목소리, 좋은 목소리를 가진 사람들을 보면 부러웠다. 그래서 한때는 목소리 트레이닝 학원에 다녀볼까 하는 생각까지도 했다.

　바로 몇 해 전 일이다. 동네 미용실에 들러 잠깐 예약을 하고 간 적이 있다. 약속 시간에 갔더니 내 목소리를 알아듣는 분이 왔었노라고 미용실 원장님이 이야기했다. 얼굴도 못 보았는데 목소리만으로 나를 알아보았다고 해서 깜짝 놀랐다. 알고 보니 전 해에 담임을 맡았던 아이의 어머니였다. 나는 부천 상동에 살고 있었고, 근무지는 시흥이었다. 우리 동네 미용실까지 다니는 학부형이 있는 줄 몰랐고 내 목소리가 그 정도로 개성 있는 줄도 몰랐다.

　예전에는 목소리가 그 사람의 이미지를 만드는 데 많은 몫을 차지했다. 라디오를 들으면서 목소리가 좋은 성우들의 모습을 상상하면 무척 행복했다. 나는 성우들을 부러워했다. 그리고 그들은 무척 잘생겼거나 예쁠 거라고 믿었다.

얼마 전 초등학교 동창회가 있었다. 오래간만에 나온 친구들을 서로 소개하는 자리에서 유독 귀에 들어오는 맑은 목소리가 있었다. 그 많은 친구들 소개를 뒤로하고 빨려 들어오는 그 목소리에는 좀체 세월의 흔적이 보이지 않았다. 세속에 발 담그지 않고 바르게 살았을 것만 같은 목소리였다. 목소리 하나로 사람을 판단한다는 것은 잘못된 것임을 알지만 그의 깨끗한 목소리를 듣고 있자니 그가 순수한 소년처럼 느껴져 호감이 갔다. 나는 조용히 다가가서 그 친구에게 말을 건넸다. 예전 우리 동네 건너편에서 살았던 평소 말수가 적고 키가 크던 친구였다 지금은 우리 친정집 건너편 소방서에서 근무한다고 하였다. 간신히 기억 속에 떠오르는 친구였지만 그 목소리만큼은 아주 오랫동안 나에게 머물 것 같았다.

이번에 나는 이세돌 9단으로 인해 목소리에 관한 편견을 깼다. 목소리가 그의 인품에 전혀 손상을 주지 않음을 느꼈다. 이세돌 본인도 자신의 독특한 그 목소리를 잘 알고 있었다. 처음에는 남들이 듣고 깜짝 놀라지만 오히려 자신의 홍보 수단이 되었다고 말했다. 그에게서 풍기는 반듯하고 진실된 모습이 목소리를 커버하고도 남았다. 약점을 장점으로 만들어가는 그에게서 나는 바둑보다 더한 한 수를 배웠다.

"오늘 너무 고마웠어요."

"모두들 즐거웠습니다."

집에 도착하자마자 '카톡', '카톡', 연거푸 카톡이 울렸다.

나도 한마디 끼어들었다.

"전 고구마 찌고 있어요. 도저히 못 참겠습니다."

바로 답이 온다.

"난 더 맛있게 먹어야지. 숙성시켜서."

산야가 곱게 단풍이 들기 시작하는 청명한 날이었다. 몇 명의 문우들과 가을 들녘의 황금빛 태양을 받으며 K 선배의 집이 있는 안성에 갔다. 그녀가 주말이면 내려가서 농사를 짓는 곳이다. 잘 뚫린 고속도로를 빠져나오자 바로 안성이었다. 깨끗한 거리가 우선 마음에 들었고 유명하다는 한우 고기도 이름값만큼이나 입맛을 자극했다.

이어서 우리는 오늘의 하이라이트인 고구마를 캐러 갔다. 야트막한 산 밑의 한쪽에 예쁜 그녀의 밭이 나타났다. 그녀는 우리가 고구마를 잘 캘 수 있도록 낫으로 고구마 줄기와 잎을 치우고 비닐을 걷어주었다. 호미로 흙을 파헤치니 붉은빛의 고구마가 쑥쑥 나타났다. 무척이나 가물었던 올여름에도 흙 속에서 끊임없이 생명이 성장하여 고구마는 알이 굵었다. 보드라운 흙에서 방금 나온 선명한 분홍빛 고구마가 신기했다. 그녀는 열심히 캔 고구마를 똑같이 나누어 인원수 대로 비닐에 담아 우리에게 안겨주었다.

집에 도착하자마자 바로 고구마를 쪘다. 2주 정도 숙성해서 먹으면 맛있다고 했지만 남편과 나는 방금 밭에서 수확한 고구마를 보고 참을 수가 없었다. 흙이 적당히 묻어 건강해 보이는 붉은색이 더욱 입맛을 유혹했다. 그녀가 심은 고구마는 '황금고구마'라고 하였다. 인터넷을 검색해보니 호박고구마, 밤고구마, 황금고구마 등 고구마의 종류가 여러 가지였다. 뜨겁게 김이 오르는 고구마는 붉은색의 겉껍질에 속은 정말 황금빛을 띠고 있었다. 그윽한 향과 따스한 김이 식탁 주변을 감싸고 있었다. 남편과 나는 감탄했다.

"어머 어쩌면 이렇게 고구마가 붉을까?"

"여보, 여보, 속은 더 노랗지 않아?"

"와! 숙성 안 해도 맛만 있네."

"뭐 이렇게 맛있는 고구마가 다 있어."

아마 남들이 보면 웃을 것이다. 조금만 맛있어도 우리는 이렇게 호들갑이다. 그만큼 우리는 먹거리에 대해 늦게서야 천천히 맛을 알아가고 있다. 얼마 전까지도 직장 생활에 지쳐서 외식이 잦았고 피곤한 날엔 대충 인스턴트 음식으로 때웠다. 맛을 음미한다는 생각을 별로 못했었다. 건강에 이상이 생겨 직장을 그만두고 나서야 음식에 대해 깊이 생각하게 되었다. 요즘은 음식을 먹으면서 '내가 먹는 것이 곧 나이다.'라고 말한 주치의 선생님의 말을 생각하게 된다. 집에서 만들어 먹는 것

이 얼마나 좋은 것인지 알게 되었다. 무엇보다 좋은 재료로 만든 것은 특별히 솜씨가 뛰어나지 않아도, 다른 재료를 첨가하지 않아도 그 자체만으로도 맛이 있었다. 그 순수하고 건강한 맛을 이제야 알게 되었다.

새로 담은 열무김치와 함께 고구마를 몇 개 더 먹고 나서 조심스럽게 전화를 걸었다. 고구마를 살 수 있는지 알아보라고 남편이 계속해서 나를 채근했기 때문이다. '오자마자 쪄서 시식하고 있는데 너무 맛이 좋아서 조금 여유가 있으면 파시라'고 이야기했다. 그녀는 숙성시키지도 않고 벌써 고구마를 쪄서 먹고 있다는 내 말을 듣고 웃었다.

"팔지는 않고 조금 드릴게요. 마지막 농사 기념으로요. 그렇게 맛있게 먹어줘서 고마워요."

그녀는 주말에 나에게 고구마 한 박스와 커다란 호박 세 덩이를 같이 건네주었다. 농약을 쓰지 않고 농사지은 거라서 몸에 좋을 거라면서 건강까지 생각해 주었다. 고구마를 안 팔겠다는 그녀의 말에 너무 고마워서 나는 남편이 준 상품권 한 장을 그녀에게 쥐여 주었다. 고구마를 캐느라고 힘이 많이 들었을 것 같은데 저녁은 식구들과 외식하면 어떻겠냐고 하였다.

K 선배는 나이가 나보다 많은 문우다. 그녀는 농사를 짓느라고 봄에는 허리가 아파서 병원까지 다녔다. 이제는 힘에 부쳐서 내년부터 농사를 그만 짓겠다고 하였다. 고구마를 싣고 오는 차가 묵직한 느낌이 들었다. 마지막 농사라는 말이 자꾸 머리에 맴돌았다. 평생 성실하게 살아온 그녀의 마음이 느껴졌다. 땀과 정성으로 가꾼 귀한 한 해의 결실을 가져오면서 어떤 보물을 싣고 오는 기분이었다.

황금고구마, 게다가 호박까지 굴러들어 왔으니 오늘은 참으로 횡재한 날이다.

　　드디어 기다리던 절임 배추가 왔다. 비록 절임 배추로 하는 김장이지만 직장 생활로 바쁘던 예전에는 꿈도 꾸지 못하던 일이었다. 배추 상자를 열어보니 노릇한 배추가 차곡하게 쌓여 있다. 알맞게 절여져 절임 배추 특유의 향이 났다. 남편과 나는 요리 메모 노트를 보며 올해도 정성을 다해 김장을 했다. 재료는 최상으로 준비했다. 지인이 농사지은 고춧가루, 친정 가면서 사놓은 생새우, 강화 나들이하면서 사놓은 무와 대파 등등 믿을 수 있는 신선한 재료를 준비해 놓았다.

　　김장의 8할은 절이는 데 있다고 생각한다. 몇 번이나 배추를 절여보았으나 너무 절여서 짜거나 덜 절여서 푸성귀 같거나 해서 실패했다. 할 수 없이 절임 배추를 사다가 해보니 참 쉬웠다. 그래도 완성된 김장이 모두 내가 한 것처럼 기쁘다. 낮에 사두었던 돼지고기로 보쌈을 해 먹으니 그야말로 맛이 기가 막혔다. 우리가 매년 이렇게 김장을 해서 맛있게 먹게 될 줄은 꿈에도 생각하지 못했다면서 남편은 감격해했다. 게다가 그가 좋아하는 배춧속 양념까지 여유 있게 남겨 놓았으니 당분간 더 즐거운 식탁이 기다려질 것 같다.

남들이 들으면 신혼인 줄 알 것이다. 하지만 주부로 산 지 30여 년이 다 되어 가는 고참이다. 나는 어릴 적 부엌에 들어가면 그릇 깨는 것이 일쑤였다. 딸 많은 집에서 일할 착한 손들이 많았다. 아까운 그릇을 깨는 것보다는 나를 부엌 밖으로 내보내는 것이 식구들은 속이 편했을 것이다. 다행히 식성은 좋았다. 신 김치에 밥 한 그릇 뚝딱할 정도였다. 결혼하고 요리를 해보려 했지만 아무리 노력해도 제맛을 낼 수 없었다. 맹숭맹숭한 텅 빈 맛이라고 해야 할까. 요리책을 보고 해도 그대로였다. 먹고 싶은 것을 손수 요리해서 먹고 몸에 좋은 것을 가족에게 먹이고 싶었지만 그러지 못했다. 슈퍼맨처럼 살아야 하는 내게 사실 음식 만들기는 그렇게 중요한 것으로 생각되지 않았다. 직장 생활하랴 집안일하랴 무엇보다 혼자 맡아야 하는 육아로 그 이상 생각할 여유가 없었다. 게다가 나는 먹을 것에 집착하는 사람들을 좋아하지도 않았다. 마치 먹기 위해 사는 것처럼 느껴져서 영혼이 빈 사람이라 생각하기도 했다.

'내가 먹는 음식이 곧 나이다.' 내가 건강을 잃었을 때 이 말을 주치의 선생님으로부터 들었다. 처음 이 말을 듣고 약간 충격을 받았다. 그리고 그동안 내가 가져왔던 음식에 대한 생각을 다시 해보았다. 건강을 위해 몸을 돌보면서 생각해보니 '참 중요한 것이 음식이구나' 하는 생각이 들었다. 평상시 학교에서 배운 지식에 의존해서 우리 몸의 건강을 지키기 위해 영양소가 필요하다는 것은 알고 있었다. 반드시 섭취해야 하는 영양소로는 탄수화물, 단백질, 지방의 3대 영양소와 비타민, 무기질 그리고 물 등을 합한 6대 영양소가 있으며, 이것들을 골고루 섭취해야 건강한 생활을 영위할 수 있다. 그 정도는 누구나 대부분 알고 있을 것이다. 음식은 중요한 것이라는 것을 새삼 깨달았다. 그래서 그동안 내 건강을 위해 노력하면서 나 나름의 먹거리 원칙을 정했다.

❖ 될 수 있는 대로 농약을 치지 않은 유기농 재료 쓰기
❖ 신선한 재료로, 집에서 음식을 직접 해 먹도록 노력하기
❖ 제철 식재료를 많이 이용하기
❖ 외식을 줄이되 모임이 있을 때는 그대로 즐겁게 먹기
❖ 가급적 패스트푸드를 멀리하고 가공 덜 된 음식 먹기

요즈음 건강과 함께 차츰 음식의 참맛을 알게 되었다. 여러 가지 향신료가 들어간 것은 그만큼 재료 고유의 맛을 잃은 것이다. 뿐만 아니라 정말 좋은 재료는 가미하지 않은 그 자체만으로도 맛이 좋다. 생각해보면 음식은 음식 그 이상이다. 온기가 넘치는 식탁에서 식구나 좋은 사람들끼리 먹는 밥상의 기쁨은 신체뿐 아니라 정신적으로도 우리를 건강하게 할 것이다. 내 요리가 가족을 식탁으로 모이게 하고, 건강을 지키게 하고, 가족이 먹는 즐거움을 바라보게 되어 기쁘고 행복하다.

다시 교실에 들어서다

선배가 근무하는 학교에서 수업을 하고 왔다. 미술 심리 수업이었다. 지난번 그리기 대회 심사를 같이할 때 만났는데 올 초에 내가 미술심리지도사 1급을 땄다고 했더니 기회가 있다며 나를 불러주었다. 문화예술교육의 일환으로 미술치료 수업을 해달라고 했다. 암 수술을 하고 2년 만이다. 얼마 전까지만 해도 다시 교실에 들어설 수 있을지 나조차도 몰랐다. 주위에서는 내가 건강을 되찾은 줄로 알고 간간이 수업을 해달라고 요청이 왔지만, 답하지 못 했다. 건강상 아직 충분한 휴식이 필요하고 스트레스를 받거나 피곤하면 안 될 것 같았다. 하지만 이번 수업은 평소 내가 관심 있던 분야였고 일주일에 두 시간씩이라고 하니 해볼 만하다고 생각했다.

전날 일찍 잠을 청했다. 다음 날 수업 내용을 생각하면서 한참을 뒤척이다 잠이 들었다. 긴장하고 설레서인지 서너 시간 만에 잠이 깼었다. 오랜만에 색조 화장을 하고 머리를 손질했다. 전날 골라 놓은 투피스 정장을 입고 구두를 신었다. 이젠 화장이나 몸에 꼭 들어맞는 정장도 왠지 어색하다.

선배는 그 학교 미술 수석 교사다. 교사들을 지도하고 연수할 여러 가지 프로그램을 준비하여 다양하게 활동하고 있었다. 내가 쉬는 사이 선배는 부천 미술교육 분야에서 확실히 자리 잡고 있는 듯하였다. 나도

2011년 NTTP *new teacher training program* 연구년 교사가 되었을 때 그런 기대를 했었다. 미술교육 분야와 관련하여 연구년 교사가 되었고 그에 관한 연구들을 하도록 예정되어 있었다. 연수를 받으며 도 교육청과 지역 교육청에서 다양한 활동을 하도록 지도 받았다. 일 년 동안 연구를 했고 결과를 발표할 때만 해도 칭찬의 박수를 받았다.

'어쩜 저 자리에 내가 있을 수도 있었을 텐데….'

슬며시 그런 생각을 하면서 선배가 타준 차 한 잔을 마셨다.

3학년 수업이었다. 아이들은 조용하고 차분했다. 자신의 마음을 알아본다고 하니 신기하고 호기심이 생기는가 보다. 눈이 초롱초롱해지며 일제히 나를 향해 집중한다. 두 시간 연속 수업이라 1교시는 나무 그림 진단을 하고 2교시는 스트레스를 감소시켜주는 미술 작업 활동을 했다. 아이들은 미술심리 수업을 좋아했다.

잠시 쉬는 시간에 연구실에 들어갔지만 어색하지는 않았다. 한 선생님은 낯이 익었다. 알고 보니 전에 같은 학교에서 근무하던 선생님이자 학부형이었다. 내가 담임을 맡았던 윤진이 엄마였다. 내 기억의 윤진이는 얼굴이 배꽃처럼 희고 투명하며 예뻤다. 공부를 잘했고 성품도 좋아서 마음으로 많이 예뻐했는데 여기서 엄마를 보니 지난 시절이 잠시 떠올랐다.

미술 분야는 참으로 무궁무진하다. 단순히 그림 그리고 아름다움을 표현하는 것을 넘어서 정신 분야까지 접근하여 치료까지 할 수 있다. 이를테면 나무 그림 진단 프로그램이 있다. 나무를 그린 그림을 가지고 그 사람의 성격이나 심리를 파악할 수 있다. 나무뿌리나 줄기, 잎 등의 상태나 강약을 보면서 진단한다. 이런 미술심리 프로그램을 어린이나 노인을 대상으로 하는 상담활동에 다양하게 활용한다. 미술치료는 오리고 그리고 붙이는 미술활동을 하면서 스트레스를 감소시켜준다.

　나는 이미 젊은 교사 시절부터 이 분야에 관심이 있어서 연구를 했고 어린이들의 심리를 파악하여 인성 지도를 했었다. 아이들의 미술작품을 잘 들여다보면 그 아이가 어떤 마음을 가지고 있는지를 알 수 있다. 차분한 아이인지 정신이 혼란한 아이인지, 집안 분위기는 어떤지, 아빠 엄마는 어떤 분인지를 말이다.

　아이들은 열심히 눈을 반짝이며 듣고 오리며 붙이고 칠하였다. 예전에 내가 가르치던 아이들처럼 말이다. 수업이 끝나고 선배는 학교 급식실에서 같이 점심을 하자고 하였지만 나는 사양하며 마지막 날 같이 식사하자고 했다. 아이들과 함께 보냈던 점심시간이 떠올랐다.

　오늘 하루가 옛날 그 시간과 같아 무척 행복한 기분이 들었다

나눔으로 가는 길

추운 겨울이었다. 초등학교 고학년 무렵이었을 것이다. 나는 입을 만한 코트 하나 없었다. 얇은 겉옷은 찬바람과 추위를 가리기엔 턱없이 부족했다. 그 시절 겨울은 너무 추웠다. 등하굣길에 바람은 왜 그리 차가운지 옷 속을 자꾸만 파고들었다. 바람이 몹시 매섭던 겨울 어느 날, 엄마가 옷을 얻어 오셨다. 까슬까슬한 감촉이 좋은 빨간색 코트였다. 내가 좋아하는 색과 모양의 코트인 데다 마침 몸에도 딱 맞았다. 흠이 있다면 생각보다 오래 입은 듯했다. 코트에 털이 조금만 더 남아 있으면 얼마나 따뜻하고 좋을까? 추수하기 전 들판의 이삭처럼 이 겨울 코트에도 털이 좀 더 많이 남아 있으면 좋겠다고 생각했다.

내가 무언가를 남들에게 준다고 할 때 식구들은 나한테 하는 말이 있다. "두었다가 다음에 쓰자." 나는 그때마다 그렇게 말한다. "쓸만할 때 줍시다." 남들에게도 쓸만할 때 주고 싶은 마음은 아마도 그때 추운 겨울 빨간 코트에서 비롯된 것인지도 모른다. 누군가는 내 어린 시절의 사정과 같지 않을까 생각해서다.

용인에 살 때였다. 가까운 이천에서 빚은 도자기 그릇들이 생겼다. 지인이 준 것인데 참 기품있고 우아하여 건강에도 좋을 것 같은 그릇이었다. 그 당시만 해도 단출한 살림을 하던 때라 동생을 불렀다. 새것인데 그냥 두고 쓰라는 동생의 말에도 필요하면 사겠다며 내가 당장

쓸 것만 남겨두고 주었다. 그런데 도자기는 생각보다 너무 쉽게 깨졌다. 한참 뒤에 동생 집에 갔더니 낯익은 그릇에 음식을 담아서 가져왔다. 솜씨 좋은 동생의 음식이 담겨져 더욱 값있어 보였다. 전에 준 그 도자기인 것을 알고 살짝 아쉬운 맘이 들었지만 그녀 손에서 빛이 나는 것을 보니 주길 잘했다는 생각이 들었다.

그렇게 비우려고 노력했음에도 집안에는 늘 물건이 많았다. 몇 년 전까지만 해도 장롱이며 심지어 작업실까지 물건들로 차 있었다. 직장을 그만두면서 모두 정리했다. 지인이나 형제들에게 필요한 것을 나누어 주고 나머지는 재활용품으로 내놓았다. 멀쩡해서 한참을 더 쓸 수 있는 것이 참 많기도 했다. 옷은 시청에서 수거해 양로원이나 고아원 같은 곳에 보내고 나머지는 수선을 해서 리사이클링 한다고 알고 있다. 이웃 나라에 보내지기도 한단다. 아주 재활용이 힘든 것은 다른 용도로도 쓴다고 하니 마음이 가벼웠다. 그 밖의 다른 물건들도 나름 좋은 곳에 쓰여질 것이라고 믿었다.

식구들은 어떤 물건을 찾다가 없으면 또 남들에게 주었느냐며 날 보고 웃는다. 이제 그런 미소는 줄어들 것 같다. 직장 생활을 접고 집에 있으니 쓸 물건이나 입을 옷도 많이 필요하지 않았다. 소득도 줄어 아껴 쓰게 되고 덜 소비하니 이제 줄 만한 것도 별로 없다. 연말에 국제 구호 단체에 정기후원 가입을 했다. 적은 액수이지만 안정적인 구호 활동엔 정기적인 후원이 필요할 것 같았다. 전부터 하고 싶었지만 그동안 돈을 보낼 곳이 너무 많다는 핑계로 차일피일 미루었다. 자의든 타의든 비정기적인 후원은 있어 왔지만 이번 일로 비로소 어른이 된 것 같아 뿌듯하다. 이제 제대로 된 나눔을 실천해보고 싶다.

암이라는 손님

단골 미용실 원장님은 내가 아팠던 것을 알고 있다. 한곳에 오래 살고 오랫동안 같은 곳을 이용하다 보니 이제는 이웃사촌 같다. 처음 이곳 신도시에 왔을 때 그녀는 미용실 실장이었다. 붉은 입술에 까만 머리, 하늘거리는 블라우스를 입은 그녀를 처음 봤을 때 참 섹시하다고 느꼈다. 그녀는 아직 미혼이다.

머리 손질을 하러 들렀더니 이런저런 얘기를 건네며 건강을 끝까지 잘 챙기라고 걱정해준다. 그녀의 가족도 지금 아픈 사람이 있어서 모두들 걱정이라고 한다. 수술 후 괜찮은가 했더니 재발해서 전이가 되었단다. 다시 치료해야 하는데 어떻게 될지 몰라 가족 모두 웃음이 사라지고 말을 잃었다는 것이다.

발병 후 벌써 6년이라는 시간이 흘렀고 지난해 완치 판정을 받았지만 나는 내가 완치라고 생각하지 않는다. 재발률이 높다는 것을 알고 있기 때문이다. 내가 발병할 즈음 같은 교회에 다니는 분이 나와 같은 암을 앓았다. 그녀는 나보다 좀 더 가벼운 병기였는데 항상 씩씩하고 힘이 있어 보였다. 내가 한쪽 구석에서 조용히 예배만 보고 사라지는 것에 비해 그녀는 늘 맨 앞자리에 있었다. 직장도 전처럼 잘 다녔다. 주위 사람들이 조심하라고 걱정했지만 수술 전과 같이 일상생활을 했는데 그것이 화근이었다. 얼마 뒤에 재발했고 발병 후 5년을 채우지 못하고 저세상으로 갔다. 어떤 요인이 그녀의 병을 재발로 이끌었는지는 정확히 모르나 나는 사실 적잖이 충격을 받았다.

여러 일들을 보고 난 후 나는 더 열심히 서적을 뒤지고 생활을 조심했다. 읽었던 책 중에서 이병욱 박사가 쓴『암을 손님처럼 대접하라』는 책이 있었다. 암과 맞설 생각을 하지 말고 암이 깃들어 있는 내 몸을 잘 돌보라는 내용이었다. 그러면 암도 언젠가는 떠날 것이라고 하였다. 암은 사랑받지 못한 세포들의 반란이라고 한다. 그러므로 지금이라도 사랑해 주면서 조용히 지내도록 하는 것이 또한 자신을 사랑하는 것이란다. 암세포를 죽이기 위해 결사적으로 싸우기보다는 환자의 면역력을 높여 암을 버텨내게 하는 것이다. 이 말을 곰곰이 생각하며 내가 갈 지표를 마련했다. 몽둥이를 들고 달려가서 단번에 물리칠 생각을 하지 않고 살살 달래서 조용히 떠나게 하라는 것에 동의했다.

'열심히 치료받고, 꾸준히 운동하고, 잘 먹고, 잘 자고 마음을 비우면 어떤 상황이든 충분히 오래 살 수 있다.'고 이병욱 박사는 책에서 말한다. 나는 그 말을 믿었고 잘 실천했고 지금도 노력한다. 그것이 암을 손님처럼 정성껏 대하는 예의이고 내가 살 길이라고 믿는다.

나는 조용조용, 천천히, 느리게 산다. 급할 것 없이 서두르지 않는다. 싫든 좋든 함께 가야 할 것들이 많은 세상이다. 잘 달래고, 화해하고, 적절히 대처하면서 살아가는 법을 암이라는 손님을 통해 배웠다.

글을 마치며

　유방암 진단을 받고 제일 먼저 서점에 가서 여러 권의 관련 서적을 구입했다. 나에게 너무나 먼 이야기 같았던 낯선 병이었기 때문에 그것이 무엇인지 알아야 했다. 앞으로 치료는 어떻게 하는지, 음식은 무엇을 먹어야 하는지, 또 어떤 생활을 해야 하는지 도무지 알 수가 없었다. 전문 서적은 생각보다 여러 권 있었고 유방암에 관하여 자세히 설명되어 있었다. 그런데 한아름 안고 온 책 가운데 내 마음에 위안을 주는 책은 없었다. 이런 일들을 겪었던 환자가 직접 쓴 책이 있다면 선배처럼, 길동무처럼 동행하면서 마음 편하게 갈 것 같았다. 암 진단 후 어떤 생활을 했고 어떤 생각들을 하며 지냈는지 궁금했지만 그런 내용이 담긴 책은 찾기가 어려웠다.

　유방암 치료를 받으며 처음에는 나의 마음을 그때그때 일기처럼 썼다. 아픔을 견디기 위해, 슬픔을 달래기 위해, 세상에 다시 나가기 위해, 한 발 떨어진 곳에서 나 자신을 다스리는 글이었다. 5년 후 완치 판정을 받고 나서 생각하니 누군가에게 선배 역할을 할 수 있다면 좋을 것 같아 책을 내기로 마음먹은 것이다.

생각보다 암은 위험한 병이었고 또 생각보다 암은 가까이에 있는 병이었다. 한 사람의 생명을 살리기 위해 많은 사람들과 다른 생명들이 힘들게 거들어야 한다는 것을 알았다.

그동안 나를 치료해주신 백남선 선생님과 목동 이대병원 의사선생님, 늘 친절하게 도와준 간호사님, 내가 힘들어하며 못 먹을 때 맛있는 것 많이 해준 형제들, 가족같이 힘이 되어준 희남 언니, 나를 늘 웃게 만들고 힘을 준 여러 친구들, 옆에서 기운 차리도록 맛있는 것 많이 사주고 여행 많이 시켜준 남편, 내가 아플 때도 씩씩하게 결혼하고 아들 낳아서 먼 영국에서도 잘 사는 큰딸 안나, 보호자가 되어 딸 곁을 든든하게 지켜주는 사위, 우리 옆에서 늘 즐거움을 주는 막내 혜진이에게 고마움을 전한다.

이 책이 세상에 나오도록 도와준 선생님, 함께 공부한 문우들 그리고 알게 모르게 나를 걱정해 주고 도와준 모든 분들에게 감사의 마음을 전한다.

에세이집 출간을 축하드리며

이화여자대학교 여성암병원 병원장 **白南善**

유기순 님의 책은 어려운 癌, 더군다나 여성에게는 더 심적인 고통을 주는 유방암을 진단 받았을 때부터의 심정을 일기 형식으로 시작하여 소녀 시절, 학창 시절을 회상하면서 쓴 글을 모아 엮은 것이다. 자신의 외로움과 아픔을 잊으려고 쓴 글들은 암 환자의 심정을 이해하게 한다. 순수하고 진솔하게 쓴 이 글은 자신의 처지가 절박했을 때 누구라도 느낄 수 있는 내용들과 함께 세상 모두에게 화해와 감사함을 표현하여 독자에게 깊은 감동을 준다.

현대 암은 우리나라 인구의 1/3이 평균 수명을 사는 동안 발병하는 것이 현실이다. 그러나 조기에 발견하면 완치가 가능하며 특히 유방암은 한국이 제일 치료 성적이 좋다는 것을 세계적으로 인정받고 있다.

의사로 암 환자만 10,000명 이상 수술하고 항암 치료까지 해오면서 환자 자신이 경험한 것을 책으로 쓴 경우는, 오직 내가 존경한 韓 목사 님과 유기순 님뿐이다.

韓 목사님은 위암 3기였는데 20년을 넘게 사셨다. 그 이유는 긍정적인 생각 즉, 받아들임의 생활과 남을 배려하는 생각을 더 많이 하셨기 때문인 것 같다. 그분과 나는 『다시 보는 세상』이라는 책을 공동으로 펴내기도 했다.

유기순 님도 긍정적인 생각으로 생활하며 감사의 마음으로 지내기에 완치되어 건강한 모습으로 가정의 일원으로서, 사회의 일원으로서 잘 지내시리라 생각되며, 동병상련의 환우들에게도 큰 힘이 되리라 생각한다.

유기순 님의 에세이집 출간을 진심으로 축하하며 늘 밝고 아름답게 삶을 꾸려나가기를 기원 드린다.

2017년 10월

書評

사공정숙(수필가, 시인)

늘 밝은 초록의 시간으로 가는 여정

사공정숙(수필가, 시인)

음악이 시간의 압축이고 미술이 공간의 압축이라면 문학의 지평은 그 모두를 아우르는 영역이다. 과거를 거슬러 현재라는 공간 속에 경험한 모든 이야기들을 풀어놓을 수 있기 때문이다. 또한 수필은 자신의 눈으로 보고 듣고 느끼고 경험한 작가의 삶 자체이다. 수필을 쓴다는 것은 스스로의 내면을 오롯이 세계에 표명하는 일이다. 생의 파고를 문학의 힘으로 기록하고 승화시키는 축복의 여정이다. 니체는 '생은 길섶마다 행운을 숨겨두었다'고 말한다. 수필가는 길섶마다 숨겨진 행운을 찾아내는 눈 밝은 사람이라고 할 수 있다. 그러나 그 행운의 얼굴은 각기 다른 모습으로 우리에게 다가온다. 때로는 고통과 아픔과 슬픔의 표정으로 꾸민 가면을 쓰고 숨어서 기다린다. 그 가면 속 진실을 마주하고 행운의 실체를 찾아내는 역할이 바로 글쓰기, 수필이 아닐까

한다.

유기순 수필집『햇살이 안부를 묻다』는 30여 년 동안 교사로서 성실하게 살아온 삶의 궤적을 근간으로 유년의 오솔길에서 미래의 여로로 이어지는 길섶에서 찾아낸 보물들이다. 작가는 절망의 고비에서도 희망을 발견해내고 아픈 가시와 평범한 사금파리도 반짝이는 보석으로 바꾸어 놓았다. 연구년 교사로 임명되어 희망 가득했던 찬란한 생의 절정에 유방암이라는 복병을 만났다. 힘든 투병생활을 하면서 나락으로 떨어지지 않은 그 힘의 원천은 어디에 있었을까. 어떻게 이겨냈을까.

'질병이 작가를 점령할 때 우리는 매몰된 작가를 얻게 되는 것이지만 질병을 작가가 점령할 때 우리는 계시 받은 작가를 만나는 것이 아닐까? 문학이 단순한 작가의 엄살로 끝나지 않는 것은 그러한 이유 때문이리라. 삶은 언제나 싸우는 자에게 유리한 패를 제공한다. 우리로서는 힘 있게 싸울 수밖에 없다. 그러나 '어떻게' 그것이 우리에게 남겨지는 마지막 질문이다.'는 김현의 말에 주목할 필요가 있다. '어떻게' 싸워야만 할까. 유기순은 자신의 수필 속에서 이렇게 밝힌다.

생각해 보니 내게도 사계절 중 겨울 같은 시간이 몇 번 찾아왔었다. 바른 길로 간다고 생각했는데 허우적거리기도 하고, 내가 본 나침반들이 고장 난 것 같기도 하던 때가 있었다. 그때마다 잘 견디고 지금까지 온 것은 나에게 삶의 목표가 있었기 때문이란 생각이 들었다. 이번에도 내

풍처럼 나를 휘젓고 지나간 아픈 시간을 보내며 잠시 길을 잃고 내가 누구인지 모를 때가 있었다.

헤쳐 나가야 할 어려운 시기에 나는 많은 책들을 보면서 삶에 대해 다시 생각하게 되었고, 그 생각들로 삶을 견디었다. 그리고 행복한 그림을 그리면서 일기를 쓰면서 시간을 보냈다. 앞으로도 틀림없이 열심히 삶을 살아갈 것이라는 자신이 생겼다. 나침반을 잘 고치고, 더 인생을 고민하면서 내 앞에 펼쳐진 시간의 가치를 음미해 볼 것이라 다짐했다.

— 수필 「익어가는 가을」 중에서

책을 보고 그림을 그리고 일기를 쓰면서 고장 난 생의 나침반을 정비하며 힘든 시간을 견뎌내었다는 것이다. 그렇게 자신의 앞에 펼쳐진 시간의 가치를 자각하면서 불필요한 소모적인 감정의 회오리에 매몰되지 않을 수 있었다.

작가는 오히려 고통과 아픔을 자아 단련의 용광로로 탈바꿈하는 경이로운 세계를 체험하게 된다. 그 모든 것을 자기 성찰의 계기로 삼아 더 깊어지고 넓어진다. 우리는 누구나 불완전한 존재이므로 완벽한 부모란 어찌 보면 환상일지도 모른다. 그러나 그는 글을 쓰면서 넓은 등을 가진 어릴 적 아버지를 따스한 시선으로 추억하고 소원했던 어머니도 마음으로 이해하고 사랑으로 감싸 안는다. 뿐만 아니라 원망과 미움 속에 시간을 보냈던 자신도 용서하는, 어쩌면 미움과 용서라는 것 자체가 존재하지 않는 허상

임을 깨닫는다. 엄혹한 현실과 싸우면서 얻은 값진 전리품이 아닐 수 없다.

> 유방암 수술 후 여러 사람을 마음으로부터 용서했다. 엄마도 그중 한명이다. 용서가 아니라 화해했다. 내가 서운한 마음 대신 감사한 마음으로 살았으면 아마 아프지도 않았을 것이다. 늘 서러웠고, 힘들었던 일들이 마음의 병이 되어 나를 엄습했던 것 같다. 나는 그걸 용서 못한 나 자신도 용서했다.
>
> – 수필 「엄마와 나」 중에서

유기순 작가는 소소한 일상의 파고에 휩쓸릴 수도 상처 입을 수도 있으나 그런 자신을 제3의 시선으로 냉정하게 응시하고 객관화하는 능력을 지니고 있다. 바로 버릴 것은 버리고 배울 것은 배워가는 도약으로 가는 탄성의 회복이다. 목소리가 변형된 바둑기사 이세돌 9단을 보면서 "약점을 장점으로 만들어가는 그에게서 나는 바둑보다 더한 한 수를 배웠다" 한다. 어려움 속에서 희망을 보고 환한 햇살의 미래를 그릴 줄 아는 작가는 세상의 모든 것에 애정 어린 시선을 보낸다. 주연과 조연, 작고 보잘것없어 보이는 모든 존재에게도 고마움을 느끼는 것이다. 이렇듯 수필의 가시거리는 무한대이자 무한소이기도 하다.

> 다음 날 눈을 떴을 때는 이미 날이 훤히 밝아 있었다. 창

문을 빼꼼히 열고 밖을 내다보았다. 사방은 온통 우거진 나무였다. 깊은 산, 숲은 모두를 품을 수 있을 것 같았다. 새들도, 동물도, 공기도, 그 어떤 것도… 울창한 숲이 하나의 커다란 생명체로 느껴졌다. 산 위로부터 햇살이 내려오고 있었다. 지난밤 산이 품고 있던 어둠의 두려움은 밝은 햇살에 사라지고 있었다. 온갖 생물들이 하루의 생활을 위해 밖으로 나오는 아침이었다.

– 수필「익어가는 가을」중에서

왼손과 오른손은 서로 상생 관계란 걸 알면서도 일을 겪고서야 더욱 느끼게 됨이 부끄러워진다. 거든다고 작은 역할이 아니다. 훌륭한 조연이 있어야 주연이 빛나듯 모두 어딘가에서 자기 몫을 하고 있을 내 몸의 일부분들에게도 고마움을 표한다. 수없이 많은 주삿바늘에 꽂히며 혹사당한 내 왼손이 가장 고맙다. 왼손 역할의 작고 보잘것 없어 보이는 세상 모든 것들에게도 고마운 마음을 전하고 싶다.

– 수필「왼손의 고마움」중에서

수필은 논어의 위기지학爲己之學의 공부와 일맥상통한다. 공자는 공부의 목적이 자아성찰을 통한 내적 성취를 우선해야 한다고 한다. 현대의 공부가 단순한 지식의 축적과 남에게 쓰임만을 위한 수단으로써의 공부爲人之學라면 글을 쓰는 행위는 끊임없이 내면의 자아를 발견하고 성숙해지고 완성으로 가는 행복의 지름길이다.

쓰고 또 쓰면서 둥글어지고 단단해지는 것이다. 그리고 달이 차면 세상의 어둠을 밝히듯 누군가의 등불, 길잡이가 될 것이다.

작가는 하루아침에 찾아온 병에 대해서도 수필 「하루아침에」에서 예리한 통찰력으로 독자들에게 다가선다. 끝날 것 같지 않던 여름 무더위가 하루아침에 선선해지자 알게 모르게 그 조짐은 분명히 있었을 것이라고 말한다. 자신의 병도 하루아침에 발병한 것이 아니라 서서히 언젠가부터 진행되었을 것이라고 일러준다. 그리고 날씨를 빌려 지금 힘들고 어려운 처지에 있는 당신도 좋은 기운이 천천히 작용하여 하루아침에 맑은 날이 올 것이라며 희망을 그려내 보인다.

살다 보면 여러 가지 일을 겪게 된다. 좋은 일만 일어나지도 나쁜 일만 일어나지도 않는다. 지금 힘들고 어려운 누군가가 있다면 희망을 가지라고 말하고 싶다. 열심히 살아온 당신이라면 아마도 좋은 기운이 서서히 작용하고 있을 것이다. 그리고 당신도 모르는 사이 하루아침에 쌩하고 맑은 날이 올 것이라고 생각한다.

— 수필 「하루아침에」 중에서

레테. 신화 속 망각의 강, 역설적으로 작가에게는 잊을 수 없는 추억과 꿈이 담긴 기억의 숲이다. 이현 선생과 함께 한 아름다운 화실 레테의 문턱을 들어서 본다. 저만치 멀어져 버린 삭막한 감성을 일깨우는 공간이다. 그림을 배우며 화가의 꿈을 키워가던 작가의 순수한 예술에의 동경이 그대로 전해지는 신비한 체험을 독자들은 분명 나누게 되리라. 되돌아보면 우리 모두 꿈같은 비밀의 정원 하나쯤 간직하고 있을 터이므로.

나도 다시 붓을 들었다. 한동안 두터운 마티에르의 풍
경이나 여인의 누드를 그렸다. '기억 너머', '잊혀진 풍경',
'그리운 자리'의 그림들 대신에 밝은 그림을 그리기 시작
했다. 이제 햇살 받으며 피어나는 대지의 생명을 그린다.
부드러운 새싹이 나고 초록의 시간이 오고 꽃이 뭉글고
한해가 오가는 것을 보면서 충만한 자연의 축복을 화폭에
담아본다. 행복했던 순간들의 기억들을 찾아본다. 행복의
주문을 걸어 붓을 든다.
레테의 기억들이 안개처럼 밀려오는 날이다. 그곳이 허
상이 아니었음을 스스로에게 말하며 기지개를 켜본다.
'레테', 그곳은 내 젊은 날의 잊을 수 없는 강이었다.
─ 수필 「레테」 중에서

유기순 수필집 『햇살이 안부를 묻다』는 용서와 화해, 버림과 비움을 통해 나눔의 가치를 내보이며 쓴 책이다. 삶의 기품은 고통을 어떻게 받아들이느냐에 달려있다고 한다. 작가는 병을 이겨내는 과정과 교직 생활 및 명예퇴직 후 겪은 감상과 소소한 이야기들을 부담 없이 풀어내 보였다. 그리고 가족, 친지, 친구들과의 일상에서 찾은 행복의 퍼즐을 한 편의 한 편의 수필로 맞추어 놓았

다. 갈피마다 화가로서의 결실까지 아름답게 담아내어 독자에게 늘 밝은 초록의 시간을 선물할 것이다.

이제 새로운 출발, 시작이다. 더 깊고 넓은 사유의 세계에서 생의 길섶에 숨겨진 행운을 찾아 수필이라는 화폭에 담아내길 기대해 본다.

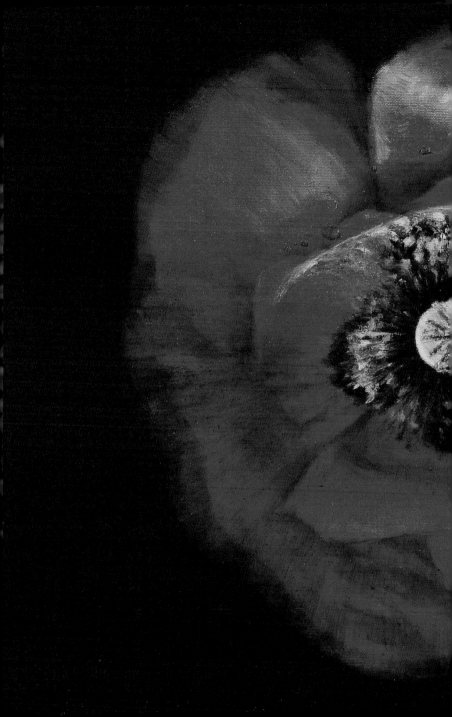

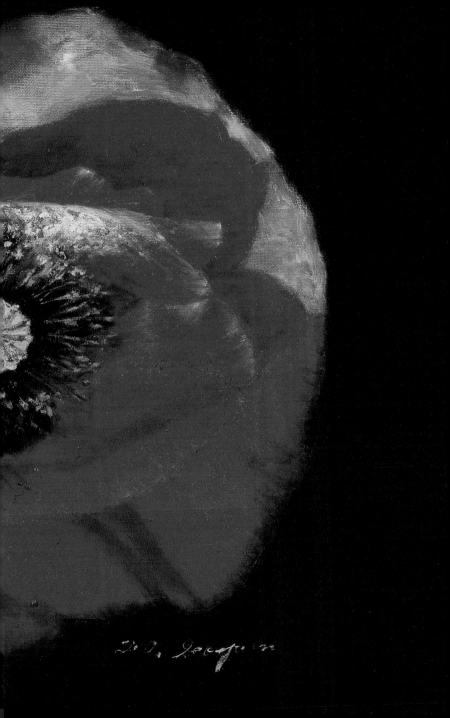